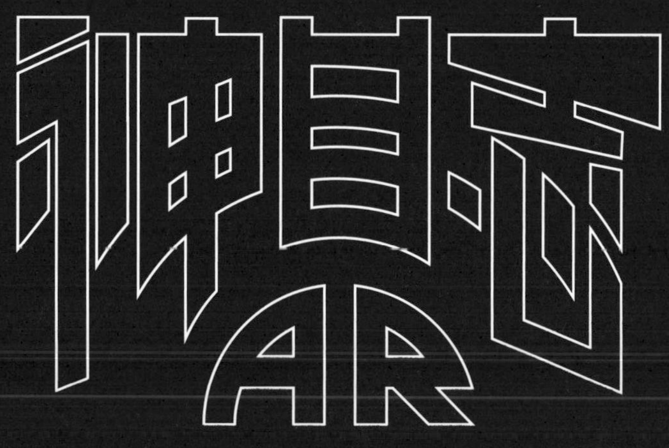

孙华巍　刘唱　著　　吴大洲　绘

中信出版集团 | 北京

图书在版编目（CIP）数据

神目志AR / 孙华巍, 刘唱著；吴大洲绘. -- 北京：中信出版社, 2019.12

ISBN 978-7-5217-1012-0

Ⅰ. ①神… Ⅱ. ①孙… ②刘… ③吴… Ⅲ. ①科学幻想小说－中国－当代 Ⅳ. ①I247.7

中国版本图书馆CIP数据核字(2019)第202604号

神目志AR

著　　者：孙华巍　刘唱
绘　　画：吴大洲
出版发行：中信出版集团股份有限公司
　　　　（北京市朝阳区惠新东街甲4号富盛大厦2座　邮编　100029）
承 印 者：北京尚唐印刷包装有限公司

开　　本：787mm × 1092mm　1/16　　印　　张：9.5　　字　　数：60千字
版　　次：2019年12月第1版　　印　　次：2019年12月第1次印刷
广告经营许可证：京朝工商广字第8087号
书　　号：ISBN 978-7-5217-1012-0
定　　价：78.00元

目 录

引　子

“下车的有吗？双碑村口有下的吗？”

“有！有！”听到售票员的吆喝声，刚打了个盹儿的刀哥赶忙回应，生怕坐过了站。

小巴在乡村小路旁缓缓停住，车门咔嗒一声弹开，刀哥背着大包小裹匆忙跳下车。这里说是车站，却连个站台都没有，只是块勉强算是平整的土地。还有两天就是冬至，不到下午 5 点，太阳已经缩成了西边地平线上一枚橘色的光点，但还是有些刺眼。刀哥将肩上的背包往上托了托，快步走向村口。

按理说，现在天色还不算晚，这时段回来总能碰见个把熟人，但今天一切都安安静静的，只有远处隐约传来几声狗叫。村口的石碑上“双碑村”三个大字，在夕阳下隐隐地反光。

“太静了些。”刀哥一边在心里嘀咕，一边迈开大步往村里走。路过老赵家时，隐约看见窗边坐着个妇人，刀哥忙打招呼：“孃孃又做针线呢？”屋里的人

没应声，甚至连姿势都没变一下。刀哥自讨没趣，不过因回家心切，也没放在心上，继续大步流星地朝自家走去。

刀嫂是村里数一数二的漂亮婆娘，家务活儿样样拿手，性子又温柔。年初时，刀哥跟亲戚一起进城干装修工作。他虽然能吃苦，但出去打工，风餐露宿，心里总还是惦记着媳妇亲手做的热腾腾的饭菜，于是不等春节歇工就回了家。刀哥兴冲冲地走到家门口，把背包放下，进门一看，院子里一片凌乱，似乎已经好几天没人打理，不由得有些气闷。

“婆娘！”

没人应。

“婆娘？”

还是没人应。

自个儿的婆娘也不知道在哪里，连个人影儿都瞧不见。“懒婆娘。”他叹口气，走向灶房，想舀瓢水解解渴，却感觉灶房的门后似乎有东西顶着，连推几下都没推开。接二连三的怪事让刀哥不耐烦起来，低声骂了一句，爆出股蛮力，猛地连踹几脚，木门终于被踹开，门后不知什么跟着摔在地上，发出玻璃破碎般

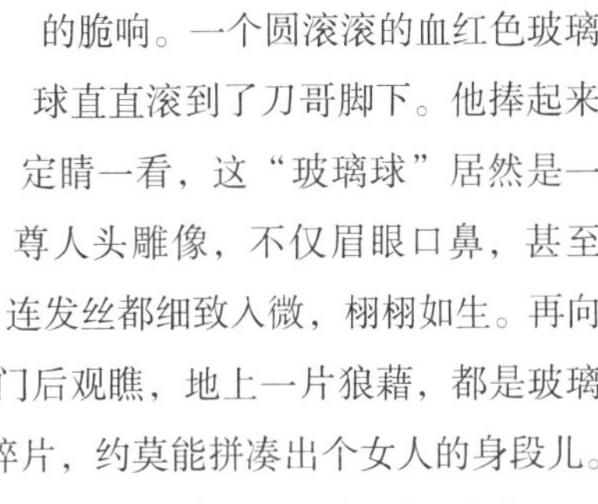

的脆响。一个圆滚滚的血红色玻璃球直直滚到了刀哥脚下。他捧起来定睛一看，这“玻璃球”居然是一尊人头雕像，不仅眉眼口鼻，甚至连发丝都细致入微，栩栩如生。再向门后观瞧，地上一片狼藉，都是玻璃碎片，约莫能拼凑出个女人的身段儿。家中不见活人，却出现这怪异玩意儿，刀哥只觉得头皮发麻，脑子里像蒙了层雾，心怦怦乱跳。他再仔细观察手中的头像，怎么越看越像自己的媳妇？

“闯……他的鬼。”刀哥下意识一松手，玻璃人头掉在地上，摔了个粉碎。他几步跑到了屋外。不知不觉间，太阳已经落山，夜幕降临，村里的一切都显得那么陌生。细小的幽蓝色光斑漫天飞舞，像是飘飘悠悠的鬼火。在磷光的映射下，邻居家的菜园子里显出两个通体透明的孩童雕像，脸上带着天真的笑容，似乎正在追跑嬉闹时被永远凝固成现在的样子。

见到这个诡异的景象，刀哥慌了神儿，朝村口跑去。

许是跑得太快，临近村口，刀哥只觉得肚子里一股酸水向上翻涌，不得不停下来撑住墙喘口气，膝盖也止不住地发抖。

一抬头，面对的正好是老赵家窗口。刀哥像是抓住了救命稻草，支起身子对里面的人着急地问道：“孃孃，我家那口子——”

话问到一半戛然而止，整个山村陷入死一般的寂静。刀哥颤颤巍巍地掏出手机，打开手电功能，向屋里照去。窗户里，一尊佝偻着腰的老人雕像，在漆黑的夜色里发出明亮的冷光。

局中局

“话说明朝天启六年五月戊申，王恭厂灾，地中霹雳声不绝，火药自焚，烟尘障空，白昼晦暝……”

“欸欸欸，什么白粥黑粥，能吃的就是好粥！别说那些没用的，快露露东西！”人群里，一个胖子发出不耐烦的催促声。时逢十月，秋高气爽，这胖子却在人群里挤出一身臭汗，汗津津的手抓着把折扇摇个不停。

“这位爷别急，就咱这物件儿，来头大着呢！”人群中央一个矮个儿青年，捧着个布包袱，伶牙俐齿，满面感慨的神色，“那场灾祸哟，只能用毁天灭地来形容！但也正因如此，我家老祖宗才能得到这个宝贝——”

在众目睽睽之下，小贩将怀里的包袱抖搂开，露出一尊香炉，在阳光下散发着炫目的紫色磷光，确实像个稀罕物。小贩将香炉高高举起，摇头晃脑道：“不瞒众位爷说，这香炉由番邦进贡的上等精制黄铜浇铸而成，是宣德皇帝的御用之物。这炉子宣德传正统，正统传景泰，景泰传天顺，天顺传成化，成化传弘治，弘治传正德，正德传嘉靖，嘉靖传隆庆，隆庆传万历，万历传泰昌，泰昌传天启，一路传下来，最后天启再传就是我祖宗。货真价实的老物件！论资历，摆进故宫博物院也够格儿。”

“吹牛吧？这是宣德炉？”一个戴眼镜的男人惊呼起来。

“哟，行家。”小贩冲男人一挑大拇指，转而指着炉口一块斑驳的灰黄色道，“看这儿。玩香炉的有个说法，这种颜色，是积年累月用火烤出来的，所谓‘宝色内涵珠光，外现澹澹穆穆’。”小贩说得正来劲儿，旁边一名教师模样，背着

斜挎包的中年人听得双眼发光，如痴如醉，不自觉地伸手就想摸上一把。

“欸，君子动口不动手啊！”小贩猛地把香炉抱回怀里，“碰坏了算谁的？”

中年人不好意思地收回手，眼睛还盯着香炉，犹犹豫豫地问：“这得多少钱啊？”

“这位问得好，这可是国宝，一口价——十万。”

听到价钱，中年人怔了一下，面露难色，拽了拽身上的斜挎包，转身欲走，却被刚才那个催促小贩露东西、满头大汗摇折扇的胖子推推搡搡给挤了回来。

“什么货色就敢要十万，都让让，我看看！”胖子嚷嚷着把手里的折扇“啪”地一收，顺手别在后衣领处，又从兜里掏出个精致的折叠放大镜，抢过小贩手里的香炉，凑到眼前，仔细查看起来。

中年人无端被推来挤去很是不满，正要抱怨几句，突然看见胖子胸前别着块金灿灿的名牌，上面写着“东亚上北国际文玩博览会特约鉴定专家”的字样，顿时把抱怨的话吞回肚子里，让到一旁默默观看。

“这位爷您上眼——欸，你干吗？”小贩见这胖子好像有点儿来头，本还赔着笑脸，等见到胖子摸出一柄小刀，在香炉里面使劲刮划，一下子喊起来。

“你这香炉年头儿确实久，香灰也够硬，但造假做得了面子做不了里子。正儿八经的老物件儿，香灰下面是茶褐色的老铜色，如果是新铸的，我这一刀下去就现原形！”说起文玩古董，胖子一反刚刚蛮横的样子，说得头头是道。

“您叨叨什么呢？不买别乱刮！”小贩伸手欲抢，又怕伤着香炉，又是着急又是心疼。

那胖子闻言冲小贩歪了歪嘴：“你慌什么？怕这假炉子逃不过我的毒眼？”

“呸，这炉子要是假的，我天打五雷轰！我家祖上一代代传下来的东西，你说假就假啊——”

“欸，这不是那个鉴宝专家潘爷吗？卫视前两天还放他的节目呢！”人群中一个戴眼镜的男人打断小贩的话。

“潘……潘爷？”小贩伶俐的唇舌顿时不利索了。他先是一愣，紧接着反手一巴掌扇在脸上：“小弟有眼不识泰山，您看，您慢慢看。”

“啧……”潘爷压根儿就没理小贩，眼睛一直没离开香炉，像是陷入了沉思。“天启六年五月戊申，王恭厂灾，地中霹雳声不绝，火药自焚，烟尘障空，

白昼晦暝。东自顺城门大街，北至刑部街，长三四里，周围十三里，尽为齑粉，僵尸层叠，秽气熏天。地雷裂地十余丈，倾房万计，毙人三千余，是为天启大爆炸。”胖子低声念叨着，“说实话，你这香炉，怎么来的？”

小贩被突然问到，慌忙赔笑：“潘爷不愧是行家，跟那些俗人就是不一样，实不相瞒，我家祖上就是天启大爆炸中唯一活下来的当事人，正所谓祸兮福所倚，福兮祸所伏，因向皇上禀奏所见所闻有功，皇上御赐一宝，就是这炉子。”

“听你放屁！”胖子横他一眼，嗔道，“要我看啊，这香炉，压根儿就不是宣德炉。”

“假货？”提包的中年人提高嗓门问，人群中也爆出阵阵倒彩。小贩脸上红一阵白一阵，十分尴尬。

“非也，非也，”胖子把小放大镜揣回兜里，背手拿下折扇，“我是说这不是宣德三年的官铸，而是明末清初民间请工匠私铸的仿品。”说着，胖子用扇子一指香炉底款：“这炉底应有‘大明宣德年制’六字——”

“对啊，这儿只有‘宣德年制’四个字！”中年人插嘴道。

“别急，宣德炉底款六个印字尽人皆知，但实际上还有‘宣德年制’‘宣德’几种变款，甚至还有单‘宣’字的，都是真品。你看这‘德’字，少一横，这叫减地阳文楷……哟，有意思！”人群听得这么一句，知道还有反转，纷纷探头往胖子身边凑，中年人更是抻长脖子侧耳细听。

“好，好，好。”胖子连说三个“好”字，把折扇“啪”地打开，满脸笑容地摇起来，“这繁体的‘制’字，上为‘制’，下为‘衣’，真炉的‘衣’字要少一点。明人书写楷书有一个习惯，‘制’字下的竖钩占空间，所以要将笔画精简，省去‘衣’字一点，横也只画半笔，顺势向左撇下。民间见不到宣德炉真品，不会有这种体会。这个炉子，虽是仿品，但来头也不小，是熟知宫廷御制的工匠才能有的手笔啊！”

人群中传来阵阵赞叹的声音，但谁也没有注意到，不远处站着一个背着书包、眉目俊朗的青年，正双手插兜，似笑非笑地看着这一切。如果再仔细观察，青年胸口戴着一块造型奇特的玉饰，似乎正发着微弱的光。

中年人听得连连点头，羡慕地看着潘爷把玩香炉：“按您的说法，这炉子到底是真是假啊？”

胖子略一沉吟：“不好说，不好说。宣德炉名气过大，仿制品颇多，没有精密的仪器，我也不敢下定论。普通收藏者买回去，风险很大啊……”话虽如此，但明眼人都看得出来，这潘爷抱着香炉不松手，分明已经认定了香炉为真，这是准备压价。

果不其然，胖子哈哈一笑道：“不过，这个风险我担了。三千，收走。”

“三千？”小贩哭丧着脸，冲胖子拱拱手，“潘爷，小弟家里不容易，三千这价太低，卖不了啊。要不然您给个面子，去别处转转吧。”

“哟，你是哪位啊？我给你面子？”胖子摇着折扇，满脸堆笑，扇面上的墨龙映衬着胖子闪着精光的眼睛，隐隐透出一种阴冷，“我要是在这地方打个招呼，看谁敢收这东西。”

“你这……”小贩生生吞下后半句，低头不语，斟酌片刻后，咬牙说道：“潘爷，您家大业大，有的是洋蜡，我惹不起，这香炉，给您了。但有一点，我是个做小本生意的，钱不到手不踏实，您给现金，咱们一手交钱一手交货。”

胖子“啪”地合上扇子：“事儿真多！这样吧，我去取钱，你要是敢把香炉卖给别人——”

“哎哟，我哪有那个胆子。”小贩从胖子手里抓过香炉，重新抱在怀里，“您去吧，我就在这儿等着。”围观众人见事情已了，纷纷散去，只有远远站着的背书包的年轻人和提包的中年人还恋恋不舍，没有离去。

“大叔，我看您不是本地人吧？”小贩搭讪道。

“嗯，来串个亲戚。”中年人犹豫了一下，还是忍不住感叹，“你这炉子，卖得挺可惜……”

“可惜？这简直是白送！那胖子仗着自己有几分眼力，在这地界作威作福。没想到今天被他盯上，真是走了背运。”小贩愤愤地啐了一口，垂头丧气地看着怀里的香炉，“哎，这可是我的传家宝，十年前拍卖会那会儿，有三件宣德炉，成交价都在一千万以上，偏偏我这个——”

“一千万?!”中年人直接跳了起来。

“是啊，可现在就值三千。”小贩无奈地叹口气，低头看着怀里的香炉许久，突然抬起头，悄声说道，“大叔，要不这香炉卖给您吧。”中年人刚想推让，小贩将香炉一把塞进他手里：“大叔，五千，就五千，就当您做做善事，赏咱口饭吃。您又不是本地人，不怕那缺德胖子记恨。”

“这……”中年人看着香炉，面露不舍。

“大叔，这可是国宝——”

“国宝？”刚才在远处的年轻人不知什么时候走到了小贩和中年人旁边，抢上一步，把香炉从中年人怀里抢走，拿在手里随意把玩着，脸上露出若有所思的神色。如果仔细看，还能看到在他瞳仁深处隐隐有蓝色的幽光在闪烁：“砂模壳铸造，打磨抛光，氩弧焊补平沙眼，高氯酸钠上色，酸蚀做旧，成品不超过一个月。一言以蔽之，假货。”

听年轻人说得头头是道，中年人如梦方醒，恶狠狠地瞪了小贩一眼。他正要上前讨个说法，不料转脸看见号称去取钱的潘爷和刚才人群中捧场叫好的眼镜男从不远处悄无声息地围过来。中年人发觉情势不妙，抓紧挎包转头就走，还不忘对年轻人使了个眼色，低声催促道：“小伙子，快走。”

“为什么要走？要走也是他们走。”

“小鳖崽子，多管闲事！”

年轻人闻声转过头，只见身后站着胖子和眼镜男，两个人正凶神恶煞地看着自己。为首的胖子活动着手腕：“敢坏我潘爷的好事？就是欠抽！”

潘爷话音未落，小贩急冲上去抓住年轻人的衣领，捏紧拳头，眼看就要往年轻人的脸上招呼。年轻人一个踉跄，手中的书飞了出去，略显狼狈。

爆肚

“住手！”说时迟，那时快，电光石火之间，一名穿着警服的年轻人一脚踢翻小贩。潘爷几人猛然见到穿制服的，气焰早低了三分，不敢轻举妄动。“警察”绷着脸，视线在几人中间周游一圈，最后落在年轻人身上，“冯澍！你是我活祖宗，也不等我一下，这就是你说的那个诈骗团伙？”

年轻人捡起书，整理一下衣服，很是轻松的模样：“对，就是他们，那个香炉就是赃物，我还有录音。”

“警察”摆摆手：“你啊，还是那么不会看气氛。我要来晚一步，现在你就躺地上了，到时候我怎么跟姨父姨妈交代？”

书中代言，青年名唤冯澍，是一名大二学生；“警察”其实是冯澍的表哥，名叫徐甫，是附近派出所的辅警。冯澍路见不平仗义执言，一方面是出于他好打抱不平的性格，另一方面也是因为早与表哥报备，有了“靠山”自然有恃无恐。

小贩等人听出年轻人与警察的关系非比一般，心里都暗暗叫苦。这时潘爷突然发难，回身抓住小贩的衣领，连扇几个嘴巴，接着一记重脚将他踹倒，边打边骂：“你小子真是坏了良心，卖假货连我潘爷也坑！今天算着了你的道儿了。”

说完提拳又要再打，却被一个身影挡住。抬头一看，竟是那个叫冯澍的年轻人。他眼神凌厉地与潘爷对视，说道：“行了，别演了。”潘爷见状立即换了一副和善面孔，收手道：“小兄弟，这是场误会，误会啊。”

冯澍不理会潘爷的辩解，转身扶起小贩，问道：“没事吧？”小贩被打得鼻血直流，却顾不上擦，满面通红，一言不发。

“都住手，有话回所里说。”这时，徐甫也赶忙过来解围，对表弟说，“大澍，剩下的事你别管了，我来处理。”

“行，我撤了。”冯澍痛快答应，一脸轻松，全然看不出经历过刚才的危机。

“你啊……”徐甫无可奈何，送走冯澍后，走到三个骗子面前，瞬间脸色一沉，“你们，跟我走。”

与热闹的大街不同，旁边的小巷子平日里几乎没有行人，阴凉又安静，靠着砖墙的几棵柳树的枝条在风里沙沙作响。树下，刚才不可一世的潘爷此刻满脸堆笑道：“徐警官，今儿是您值班啊。”

“你们两个，老规矩，一人五百。”徐甫半倚在墙边，从兜里摸出一支烟，淡淡地问，“这个小的以前没见过啊？”

“听见没有？”潘爷冲小贩瞪起眼睛，“徐警官问你话呢，还不快说！”

小贩见状，哪有不明白的，连忙掏出打火机给徐甫点上烟：“我农村来的，想着摆摊儿混口饭吃，不懂事儿，满嘴跑火车，您老多担待……”边说，边从

嘻~
X7123X
X7123X

兜里掏出一沓反复折叠，被摸得脏兮兮的百元大钞，往徐甫的衣兜里塞。

“欸，你这是干什么？别把我的衣服碰脏了！”徐甫呵斥着小贩，却没有做出任何动作阻止。

潘爷见状忙说道：“我看这小子可怜，就让他在街面上卖点工艺品，没承想他假的当真的卖，这事我可不知情啊。”边说还边对眼镜男使了个眼色。

眼镜男连声道：“对，对，这事我们都不知道。”

“明明是你们说——”小贩反驳的话说到一半，迎着潘爷凶神恶煞的眼神，剩下的半句话生生被噎回了嗓子里。

“他们说什么了？”

“他们说……说您大人有大量，我嘴欠，我不是个东西，您就当我是个屁，把我放了吧……”

徐甫眯起眼睛打量了小贩一会儿，直到小贩的额角开始渗出细汗，才吐出一口烟，笑道：“挺上道，你们走吧，以后我执勤的时候别出来干就行。”

“欸欸欸，听您的，听您的。”

三人走后，徐甫将手里的烟随意往旁边一丢，掏出钱仔细数好，又小心地揣进里衣的胸兜里，抬起头，目光意味深长地向着刚才冯澍离开的方向投去。

冯澍与徐甫

中秋佳节，天色渐暗，眼看已是晚饭时分，宝钞胡同炊烟袅袅。

几个挂在枝头圆溜溜的石榴从一间小院探出头来。院墙上，一只喜鹊正悠闲地踱着步子。客厅里，冯澍正在电视机前百无聊赖地切换着频道，似乎有什么心事。

“嘎吱”一声响，冯父推门而入。看见冯澍，冯父顿时板起脸：“冯澍，你给我过来。”

冯澍似乎早有准备，叹了口气，关上电视起身，直视父亲严厉的眼睛。

冯父不断紧绷的下颌线与纹路越来越深的眉心使客厅里显露出一种“山雨

欲来风满楼”的气氛，眼看“电闪雷鸣”即将到来——

“老冯，徐甫来了！”

屋外传来冯澍的母亲亲切的招呼声：“小甫，好些日子没见，又瘦了。你妈呢？”

“她今天有点事先不过来了。哎哟，真香，姨妈的厨艺又提高了。”之前在街上为冯澍解围的表哥徐甫手里拎着果篮和礼袋踏进门，制服还没来得及脱，见到冯父和冯澍，马上笑着打招呼，“姨父，这是我给您带的烟叶。”

冯父一时顾不上冯澍，接过袋子笑道：“又不是外人，还拿东西。”

“这不中秋嘛。最近办了几个大案子，好久没来看姨父姨妈了，知道姨父好老家这口儿，就带了一些来。”

冯父接过烟叶嗅了嗅，面露喜色，转向冯澍说：“你就不能学学你表哥，稳重些，天天就知道惹麻烦！”

“你们别在这儿戳着，”冯母抢过话头，“饭好了，开饭吧。”

徐甫也看出几分不对劲儿，连忙把冯父往饭厅让：“是啊，姨父，我都饿扁了，好久没品尝姨妈的手艺，咱们赶快开饭吧。”

在中秋家宴上，徐甫妙语连珠，和冯澍父母谈笑风生，其乐融融，在一边的冯澍反倒有些插不上话。

徐甫是冯澍的远房表哥，家境不好，父亲又过世得早。冯母见他母子二人生活艰难，便把他们接到城里一起生活，在各方面多有照顾。

与从小不谙世事，有点儿书呆子气的冯澍不同，徐甫从小就活泼好动、八面玲珑，是这一片儿的孩子王，而且心思细腻，待人接物十分沉稳圆滑，处处吃得开。他明白自己母亲的不易，初中毕业后选择考入警校，拿到中专文凭就应聘成为派出所的辅警，虽然薪资微薄，但好在稳定，还可以边工作边照顾母亲。

席间，冯澍话虽不多，但在心底，他还是很高兴表哥能来家里过中秋的。两人从小一起长大，徐甫经常在人情世故方面为自己遮风挡雨，冯澍也十分信赖这个表哥，早已将他视为家中不可或缺的一员，甚至有些崇拜他。

酒过三巡，菜过五味，徐甫正绘声绘色地向冯澍父母讲着自己“破获”的大案。冯澍父亲似乎想起了什么，突然问：“今天听胡同里的街坊们说，一伙人在街上卖假古董，有个人差点儿被骗五千块。你知道这事吗？”

被姨父冷不丁一问，徐甫面露难色。他知道姨父素来反对冯澍在外显山露水，只好避重就轻，打起了圆场：“您这真是秀才不出门，能晓天下事啊。是有这回事，几个毛贼，看见我就跑了。要不是今天刘队要找我商量案情，我一口气把他们全抓了，说起来刘队那案子……”

“不对吧，听说还有个小伙子出面制止，还差点儿打起来？”不等徐甫说完，冯父又追问道。

冯澍把筷子往桌上一放，终于沉不住气，开了腔：“不用再问了，就是我。那东西一看就是假的，他们还——”

“一看就是假的？你小子什么时候懂这个了？你告诉我，你是用什么‘看’的？”

“对！我是用‘宝贝’了，要不然怎么办？难道就看着他们害人？他们骗的要是你呢？”

“还顶嘴！”冯父把筷子狠狠地拍在桌子上，发出“啪”的一声脆响，“跟你说过多少遍，不要乱用‘宝贝’，不要多管闲事，你到底什么时候才能长大?!”

“什么长大，说白了就是当缩头乌龟。”

“你说什么？”听儿子这么说，冯父气得涨红了脸，右手不自主地颤抖起来。

冯家父子二人的冲突不断升级，眼看情况就要不可收拾，一旁的徐甫慌忙救场：“大澍，姨父也是为你好，你赶紧道个歉。”说着拼命冲冯澍使眼色，又拦着冯父赔笑，“姨父，中秋的团圆饭还没吃呢，咱先吃饭……”

冯澍没理会徐甫，觉得自己占理，并没有错，刚想继续说下去，余光却扫见一旁的母亲忧心忡忡的眼神，到嘴边的话登时咽了回去。

见冯澍没了言语，再加上徐甫好言相劝，冯父也不好再发作，草草吃了两口便离席而去。一场中秋家宴就此不欢而散。

正如冯澍所说，他之所以能确认“宣德炉”是赝品，并不是因为他对文玩古董有多了解，而是借助“宝贝”—— 一块冯家祖传的稀世宝玉。

俗话说，黄金有价玉无价，但即使“无价珍宝”也不足以形容冯家这块家传宝玉的珍奇。它可以使佩戴者得到一种神奇的力量：只要凝视某物，就可以看见这件东西的过去和未来。

宝玉和异能在冯家代代相传，直到冯澍。今天他在街上用异能定睛观看小贩手中的“宣德炉”时，造假时的铸模、熔炼、铸形、做旧的全过程就立即出现在眼前，

于是才能如此肯定小贩卖的是赝品。

奇玄之物注定有不寻常的来历。这件宝玉，以及父子二人争吵的原因都要追溯到三百多年前，一个被称为“天启大爆炸”的未解之谜。

明朝天启六年，在朝中臣子满口“盛世太平”“皇恩浩荡”中拉开了帷幕。八街九陌，处处皆是软红香土。喧嚣尽头，在京城西南角的一棵老柳树下，支着一顶芦棚，檐下悬挂“神课”“看命”“决疑”三条字幅。卦肆中端坐的算命先生就是冯澍的先祖——冯天奇。

算卦又叫“金点”，是江湖中人的一种调侃。在“金点”里，又根据卜算方式的不同，分为“哑金”“嘴子金”“戗金”“袋子金”“老周儿”等。相传到明末崇祯年间，前门有七十二卦摊儿，连崇祯皇帝也曾前往那里为大明江山卜凶问吉。

冯天奇当时刚三十岁，颌底一副青髯，脸上也没什么皱纹，以算命先生来说模样还略显生涩，卦摊生意只能糊口。

但近来问卦的人却络绎不绝。冯天奇留心打听着，全因近日京城异象频出，搞得人心惶惶，个个都想卜卦决疑。先是一个月前突降霜害，初夏时节树如垂棉，日中不散。没过几日，城北又出现奇特云彩，形似旌旗，颜色由白渐赤，由赤变黑。坊间还有传闻说，后宰门火神庙火神显灵，一颗巨大的火球从殿中滚出，腾空直上云霄，接着降下传说中专收人魂魄的鬼车。鸟鸣叫不停，盘旋一阵后散去。这么一闹，纵使冯天奇每天眼观八卦图，表面一副对命数了如指掌的样子，内心其实也隐隐有些担心。天有异象，必生大事，关了摊子去乡下避几日方是上策，但又舍不得这么好的生意，就这样日复一日，直到了天启六年五月初六。

这一天，冯天奇早早地支起摊，果然有客上门，不大的棚子前没过多久就围起三五人。不出所料，这名头客问的也是吉凶。天奇从怀中摸出一把蓍草茎，心中默念所求，将草茎一分为二，左手一份为“天”，右手一份为“地”，然后从右手取出一根蓍草，置于左手小指间，用以为“人”，形成天、地、人的“三才”格局。正要继续，卦桌上的蓍草突然像是活了一般跳动不止，而且跳的幅度越来越大。冯天奇正疑惑这是什么卦时，不只草茎，连整个卦桌也弹跳起来，众人感觉脚下一阵晃动。紧接着，远方传来一声轰鸣。冯天奇耳内嗡嗡作响，眼前一白似是被人在脑后敲了闷棍，当即晕死过去。

再睁开眼，冯天奇只觉得头晕眼花，费了好大力气才站起来，踉跄两步站定，卦摊边的大柳树被拦腰折断，但好在老树盘根，剩下的半截树干救了天奇一命。再一看，刚才熙熙攘攘的大街上火光冲天，一个人影都不见，往远处看，空中一根灵芝状的云柱直竖于天地之间，棉絮状的顶端徐徐翻滚蠕动。

冯天奇以卜卦为生，但想不到有一天自己会遭此一劫。他捂着头茫然四顾，只见灰惨惨的天地之间，一抹绿光破空乍现，分外刺眼。他勉力上前几步，原来是街上被震开一道深沟，放出绿光的地方正是沟底。在好奇心的驱使下，冯天奇一步一拐，下到沟底，扒开泥土，居然露出一块形状奇特、放着绿色幽光的玉佩。

巨变之下，又现奇宝。冯天奇小心翼翼地捡起玉佩，几下擦去上面的泥土，才看清这是一块通体墨绿的圆形玉佩，中央刻着一个篆体的“目”字。

冯天奇正欲细看，天上忽然淅淅沥沥下起雨来。他顺手一抹，竟发现满手鲜红——这下的哪里是雨水，分明是血水！接着，不计其数的人体残肢伴随着木片、石块如同雨点般坠落，惨绝人寰。

冯澍的祖先冯天奇经历之事，就是与印度“死丘事件”、俄罗斯“通古斯大爆炸”并称为“世界三大自然之谜”的“天启大爆炸”，又称“王恭厂灾”。

大难不死的冯天奇带着宝玉连夜逃离京城，蛰居乡间。正所谓“知易者不占，善易者不卜”，经历大灾后，冯天奇再也没有替人算命卜卦，不敢再揣度天机。他靠着一点儿积蓄，置下几块薄田。闲下来的时候，冯天奇喜欢在人稀僻静处仔细端详当日捡到的宝玉。他发现这玉似乎有某种魔力，将其拿在手里凝神注目时，有一种在氤氲瑞气之中，瞻之在前，忽焉在后般神游太虚的感觉，甚至有时不知不觉就看了一整夜，到天色将明才回过神来。

一天晚上，冯天奇正在榻上把玩着宝玉，忽然手中的玉透出幽幽绿光。他一阵眩晕，再一睁眼发现，目光所及处，锅碗瓢盆、桌椅板凳、房墙梁柱都好像活了一般，不断拆解又重塑：一把椅子先是变成一片片木板，然后木板变成树桩，树桩变成树干，树干变成树苗，树苗变成树种，树种又变成树苗，周而复始，循环往复。冯天奇吓得手一软，宝玉落在榻上，周围刹那间恢复了原状，还是那间普普通通的茅草房。

这一夜，静得出奇。

从那天起，冯家始祖就拥有了一种神奇的能力——看透事物的来龙去脉。冯天奇借此开了一间收售古玩的店铺，低买高卖，眼光奇准，不久就积累起一份殷实的家业。也不知为何，此异能每隔一两代，才会传承到族中某一子孙身上。冯家开始时视其为福祉，但福兮祸所伏，祸兮福所倚，他们很快就发现，异能带来的灾祸可能远多于好处。

同治九年，两江总督马新贻为刺客飞刀所害，是为清末四大奇案之一的“刺马案”。朝廷大员被刺，牵涉重大，江宁将军魁玉、漕运总督张之万、毅勇

侯曾国藩以及刑部尚书郑敦谨四人联审，冯家先祖冯道正此时正是刑部尚书座下的一名文书。在协助整理卷宗和证物时，冯道正偶然间借异能发现刺客张汶祥竟与权倾朝野的曾国藩暗通。道正权衡再三，还是将此事密告与顶头上司。可惜，异能可以看透世间万物真伪，却看不透人心时局。曾国藩握有重兵，此案一发，难保他不会铤而走险，作乱造反。于是本想主持公道的冯道正竟成了朝廷和曾国藩共同的敌人。暗潮汹涌之下，各方势力逼迫冯道正自裁，以图死无对证。自此，冯家家道中落，不到数月便近乎灭族。

到了现代，冯家只剩冯澍家这一脉独存。冯澍继承异能和宝玉后，冯父深知儿子天资聪颖、为人正直，但涉世未深，有时做事冲动鲁莽，就经常告诫冯澍不要滥用异能，万万不能重蹈覆辙，但冯澍不以为意，觉得父亲迂腐陈旧，父子间的矛盾也由此而生。

近一年来，冯澍与父亲的关系越发剑拔弩张。表面上看，冲突来自观念差异，但究其原因，冯澍最气恼的是父亲从未将自己作为一个平等的成年人看待。

作为一个意气风发，又身怀如此异能的年轻人，冯澍坚信，有一天自己能利用冯家宝玉的异能，让这个世界变得更好。当他证明自己的那一天，父亲也一定会理解。正想着，门口传来轻轻的敲门声：“大澍，我进来啦。”

冯澍听出是徐甫的声音，拉开门将徐甫让进屋。

徐甫的屁股还没挨着椅子，便急着劝冯澍：“你别生气，我刚跟姨父聊完，他也是为你好。”

“我知道，我爸他就是把脑子锁死了。”

“说句公道话，姨父是有点儿古板，这都 9102 年了。要我说，你今儿没毛病。”

听到表哥这么说，冯澍心里舒缓了一些：“对了，刚才他们都在，我没机会问，今天那几个骗子后来怎么样了？”

“那帮人啊，都撞咱们澍哥枪口上了，那肯定是办成铁案啊。人我直接都带分局去了。”徐甫眉飞色舞地说。

“唉，今天也多亏你来得及时。”冯澍的声音沉了下来。

“跟我客气啥，说到底都是你的功劳。”徐甫欲言又止，顿了一下，做出一副愁苦的样子，“说起来，我手头还有个大案。跟这个大案比起来，那几个小骗子干的事就跟抢小孩儿的棒棒糖差不多。就是现在线索太少，估计破起来不知道要猴年马月了，真希望能早点儿抓到凶手，多救一人是一人……”

“行了，说说吧。”冯澍不等徐甫说完，直接抢白道。

“还是大澍痛快。”徐甫像煞有介事地一抱拳，将他口中的“大案”娓娓道来。

虽然徐甫是名辅警，但管区事务繁杂，刑警腾不开手的时候，偶尔也会叫徐甫去打打下手。再加上徐甫的好人缘，很快就成了单位里的百事通。

去年冬天，一名进城务工的农民报了一件怪案，说自己村里的人都被变成了玻璃雕像。接案民警起初以为是精神病人发病，但报案人除了十分慌张外，神志一切正常，于是只得跟随报案人前往村里调查。

到达现场后，虽然没有发现报案人所说的玻璃人像，但也不见其他村民。本有几十户的村子，现在空空如也。民警发觉不对，立即上报案情。公安局领导十分重视，快速调集警力前往支援。经现场过勘查，警方确认除报案人外全村居民集体下落下明，并在报案人的住处发现少量不明晶体状碎片。

领导集体决定，将此案件定性为特大集体人口失踪案，在全国公安系统内协同寻找线索。现场发现的少量晶体也被送至全国顶级的理工大学检测成分，以求获得更多线索。然而该案至今没有取得进展，为扩大线索来源，原本严格保密的相关信息由公安部下发至各地公安机关，徐甫这才了解到此案。

听完徐甫的描述，冯澍没有说话，沉思片刻后拿起一支笔开始写写画画，很快就理清了思路，在纸上列了个表格，交给徐甫。

	报案人精神正常	报案人精神不正常
报案人案情描述真	?	突发癔症
报案人案情描述假	另有目的	精神病人报假案

接着，冯澍分析道：“简单来说，根据报案人描述的真假和精神状态，可能出现四种情况，我们可以逐一排除。第一种情况是报案人精神不正常，但他的描述是真的，也就是说他真的看见了所谓的玻璃人像，这可能是一种突发的癔症造成的精神障碍；第二种情况是报案人精神不正常，描述的案情也是他编造的，这样就是一起精神病人报假案。但是，这两种情况无法解释全村人的去向，而且通过精神科医生对报案人的诊疗就可以确定其精神状态，应该已经排除了。”

徐甫点了点头。

冯澍继续说道：“第三种情况是报案人精神正常，但案情描述是编造的，他甚至可能就是失踪事件的始作俑者之一，或者他和同伙有其他目标，制造失踪案只是转移警方注意力的手段。这种情况只要摸排他的人际交往以及近期行为就可以判断。但你说现在这个案子成了难案，就说明这是更为复杂的第四种情况，即报案人精神完全正常，描述的也是真的。你来找我要线索，就一定需要一个关键性物证……”

“当时发现的晶体碎片。”徐甫说着，从衣兜中掏出一块血红色的水晶，递给冯澍，“理工大学的实验室已经分析完毕。这是一种从未发现过的元素。我磨破嘴皮才弄到一块，明天就得送回局里。”

冯澍接过表哥递过来的晶体，掂量了一下。在灯光的映射下，晶体内闪着幽光。一阵寒意从指间传来，或许是由于刚跟父亲吵架的内疚感，虽然已经不是第一次用宝玉异能帮徐甫破案，但这一次，冯澍突然感觉到一种莫名的踌躇。

见冯澍有些犹豫，徐甫赶忙说：“大澍，哥这次全靠你了。如果这次我能给队长帮上忙，我转正编那事也就有戏了，每月工资直接翻两番，我妈也不用这么大岁数中秋节还去饭馆刷盘子了……”

一句话说到冯澍的心酸处，冯澍暗自叹了口气：“咱俩还用说这些吗？”说完闭目凝神，神志完全沉入晶体之中。

冯澍没有注意到，就在他闭上眼睛的那一刻，徐甫满脸亲切的笑容消失得一干二净，在一旁冷眼看着冯澍动用异能，神色阴沉而淡漠。

随着异能发动，神秘晶体突然华光一闪，喷薄而出的光粒向四面八方散射开来。接着，淡橙色的光粒突然一滞，又向内猛地收缩，疯狂地涌入冯澍胸口的家传宝玉，消隐得一干二净。

冯澍之前从未有过如此体验，似乎是海量的信息被一瞬间塞入他的脑中。就在他头晕目眩，几乎要失去意识时，一连串支离破碎的画面终于定格在一处。

他发现自己站在一座大厦顶层的平台，头顶阴云密布，雾霾重重。平台上正在举办新闻发布会。在记者和闪光灯的包围下，一名老者缓缓走上台。他的脸像树皮一样干枯，布满褶皱，双眼却很有神。

“盘古博士，有消息说您的团队已经研究出解决目前能源危机的方法，请问这是否属实？”

“有人质疑您大统一理论的有效性，您是否愿意回应？”

“盘古博士，对于环境问题，您有什么高见？”

“太空移民嫦娥计划现在进度如何？”

“您对近期黄帝国与炎帝国边境发生的武装冲突有什么看法？”

被称作盘古博士的老者刚刚露面，记者们就发出连珠炮一般的提问，似乎都期待着盘古的答案能抚平各自的焦虑。

盘古博士没有理会记者的问题，缓缓走到讲台前站定，举起右手示意。平台上立即变得鸦雀无声。博士缓缓说道：“数千万年前，我们的祖先成了这颗星

971230

球的主人。经过无数世代的努力，我们的文明取得了空前的发展，但也即将耗尽这颗星球的能源。能源！它是万物之父，也是万物之王。它使一些人成为神，一些人成为人；一些人成为奴隶，一些人成为自由人。今天能源短缺所带来的迷信、无知、歇斯底里和仇恨可能会让我们的种族再次陷入那个由冲突、迫害、大屠杀和战争组成的泥沼之中。

“但是，我们决不能停下脚步！”博士的情绪越发激动起来，苍老的脸上焕发出生命力，“我穷尽一生，终于找到了一切的答案。‘大一统理论’已经彻底破译并且可以控制十维空间中构成物质的基本粒子，我们不仅可以通过维度跃迁从其他时空汲取永不枯竭的能源，而且能通过物质、能量转换随心所欲地改造世界。借助这项技术，宇宙的奥秘将可以一眼望尽，我称之为‘神目’！”

话音刚落，场地的一块地板打开，一个庞然大物从下面缓缓升起。它形似巨鼎，下有三足，鼎身椭圆、中空，从鼎身向上蔓延出数条枝干，末端“叶片”似的晶片泛着电光。这时一个细节吸引了冯澍的注意，在鼎身中央，悬浮着一块墨绿色物体。仔细观瞧，那悬浮物不就是伴自己长大的冯家宝玉吗?

盘古博士在记者们的注视中移步到神目旁边。鼎身似有感应般发出金色光芒，形成一个奇异的图案。接着博士伸手向天一挥，一道金色光柱从鼎身直冲云霄。片刻之后，笼罩在城市上空的雾霾瞬间退去，露出蓝天白云，灿烂的阳光重回大地。冯澍这才看清，视野中尽是层峦叠嶂般的高楼，一眼望不到边。

眼前的奇迹让记者们呆若木鸡，过了很长时间才有人回过神来，平台上爆发出一阵阵掌声和喝彩声。

冯澍眼前的光线一暗，换了一处场景。只见房间里摆满各种实验仪器。在房间中央，刚才还精神矍铄的盘古博士躺在病床上，全身上下插满各种仪器和输液管，似乎已经油尽灯枯。

正对着博士病床的是一块巨大的屏幕，上面正在直播世界各处传来的实时影像。在一个画面中，地面不断震颤，远方山峦崩裂，岩浆从裂缝中涌出，还喷射出大量烟尘，遮天蔽日。在另一个画面中，两军正在激烈交战，高科技武器无情对轰，死伤无数。在最为诡异的一个画面中，城市中到处是残垣断壁。阵阵哀号声里，因恐惧而四散奔逃的人表情扭曲。在他们身后，成百上千个半人半晶体的怪物正以极快的速度逼近。被晶体怪袭击的受害者也会逐渐晶体化，成为新的晶体怪，加入猎杀旅程……

这时，一个女人走进房间，来到盘古博士的床边，轻声说道：“父亲，补天计划已一切就绪。”

病床上的盘古博士气若游丝，艰难地说道：“女娲吾儿……为父的错误……只能靠你来纠正了。三千年前，我将神目带给世人，但他们究竟都做了些什么……你一定要……”刚说到一半，就剧烈地咳嗽起来。

见到父亲如此痛苦，女娲忙调整仪器和药量，过了一会儿，盘古博士终于沉沉睡去。女娲转过头望向窗外，远方血色天空中，爆炸形成的蘑菇云渐渐扩散开来，在她悲伤的眼底形成一个巨大的旋涡。冯澍突然感到身后袭来一股逼人的寒气，转身看到一个男人的巨大身影矗立在天地之间，像一座大山向他压过来。冯澍下意识地伸手去挡，手中的晶体掉在地上，“啪”的一声脆响，打了几个滚。他睁开双眼，好像做了一场噩梦，浑身颤抖，面色惨白，眸子里像是有两团火焰在熊熊燃烧。

课　堂

“同学们注意，这是期末的考点。”教授用力敲了敲黑板，在“弦理论”四个字上画了个圈。 这节课是跨系基础课量子物理学，今天的主题是弦理论。偌大的阶梯教室里，只稀稀拉拉地坐了一半学生。对大多数人来说，这节课的内容艰深无趣，让人听得昏昏欲睡。直到教授说到“考点”，才有人勉强打起精神，坐直了身子。

“上周的课讲到，为解决量子理论与爱因斯坦相对论的分歧，一些物理学家开创出弦理论，让人们对解释宇宙的‘大一统理论’重燃希望，将量子理论和相对论完美地兼容。”

“什么乱七八糟的。”冯澍身边的一个胖女孩越是努力听，越是听不懂，笔记也记得乱七八糟。她侧过头，悄声问冯澍：“同学，你记下来了吗？”

“抱歉啊，我没记。”忽然被问到的冯澍有点被吓到，之前在晶体中看到的异象还在他脑海中萦绕着，根本没心思听课，更别说笔记了。

“弦理论认为宇宙是十维的，我们生活在其中的四维空间，其余的六维卷曲在极小的普朗克尺度内，一颗质子都比它大一万亿亿倍。在十维空间中，大至星际银河，小至电子、质子、夸克一类的基本粒子，都是由一种极其微小的像是橡皮筋一样的‘能量弦线’构成的，简称为‘弦’。”

“同学，你哪个系的，我之前怎么没见过你啊？”胖女孩又悄声问。显然比起弦理论，跟身边这个有几分帅气的男生聊天更让她感兴趣。

“我？物理系的。”

“学霸啊？考前帮我画个重点呗？”

“呃……”面对女孩跳跃性的思维，冯澍有些无力招架。

“小哥哥，这门课太难了，帮帮忙吧，嘤嘤。”

“弦的不同振动可以产生各种不同的基本粒子，我们的世界正是由这些基本粒子组成的……”似乎是女生“银铃般”的恳求声打断了教授讲课的兴致，他伸手一指，“那边两个同学，都会了？考点也不用听了？来，请那位女同学给我

解释一下弦的含义。”

胖女孩站起身，想了想，有些窘迫地说：“弦……咸（弦）就是不淡……”

教室里突然安静了，接着爆发出一阵哄笑，冯澍也不禁失笑：这姑娘应变得倒挺快。

教授气得涨红了脸，严肃地敲了敲黑板，止住同学们的笑声，数落道：“一看你就是吃货，坐下！”

教室里的笑声更大了。胖女孩双颊通红地坐下，深深低着头，一句话也不敢说。冯澍见教授如此不留情面地人身攻击，眉头不由得微微蹙起。

教授教训完女孩后，把目光转向冯澍：“你就是最近物理竞赛得奖的冯澍吧？得奖就可以不听我的课了？你来回答一下弦理论对物理学的意义。”

教授故意抛出这种假大空的问题，就是想难为一下这个“目中无人”的学生。冯澍不慌不忙，思考着如何回答，突然想到异象中看到盘古博士发明神目的原理就是对基本粒子的控制，难道这两者可以互通？

“我认为弦理论对物理学最重要的意义就是发现了构成宇宙的基本粒子。如果我们能彻底破译并且编辑十维空间中构成物质的基本粒子，不仅可以得到无尽的能源，而且还能通过物质和能量的转换，随心所欲地改造世界。”

冯澍的回答正中教授下怀。作为一名弦理论的支持者，他也曾无数次地遐想这套理论的光辉前景，有些惊讶地点头说道：“不错，物理学家保罗·戴维斯曾经说过：在我们统一四种基本力后，将能够随意建立和改变粒子，不仅能随意改变物质的形态、材质、位置，甚至可以控制一切自然规律，突破时间和空间，乃至创造一个全新的宇宙，成为宇宙的君主！”

不等教授继续抒发自己对弦理论的热爱，冯澍抢先一步问道：“不过我有一个问题想请教。弦理论一直被诟病的地方就是无从验证，有人说需要一个银河系那么大的核粒子加速器才能产生验证弦理论所需要的基本粒子。这种无法被实验验证的理论是否放弃了科学的底线，不能称之为理论，而只是一种猜测？”

教授有些意外地看着冯澍，他提的问题正是弦理论的软肋。教授思考了一下，回答道：“问得好，弦理论自诞生之日起，确实饱受争议，以现在的科技水平，也确实无法直接验证它。”说到这里，教授顿了顿，“但是，这些批评忽略了一个事实，大多数科学研究都是间接而非直接的，比如从未有人去太阳上直接考证，但通过分析它的光谱线，就可以分析出太阳主要由氢组成。黑洞的存在也是间接研究的一个例子。1783 年约翰·米歇尔提出黑洞理论，但两百多年后，人类才第一次拍摄到黑洞的照片，证实了他的理论。这些例子都说明，间接研究也有可能取得确实的知识。”

听完教授的解释，冯澍心中暗笑，摆出一副认真的表情，看着教授问：“原来间接研究这么有用啊，那您刚才仅仅依据这位女同学的外表就说她是个吃货，以貌取人，也算是一种间接研究吗？”

此言一出，教授这才意识到他被冯澍的问题摆了一道，脸青一阵白一阵，刚想斥责，就听到有些看热闹的同学憋不住笑出了声，教授只能忍下一口气道：“你坐下吧。”

下课铃刚响，教授就气冲冲地离开了教室。冯澍和刚才“共患难”的女孩告别，也收拾东西准备离开。

虽然看不惯教授在课堂上对学生的揶揄，但今天提及的弦理论却让冯澍有种特别的感觉：如果弦可以描述宇宙中所有的现象，那么冯家的祖传宝玉异能是不是也和这些微小的弦有关呢？正出神间，冯澍的肩膀挨了重重一击。

“澍哥帅气啊，教授也敢怼！”

冯澍回头一看，班上几个要好的同学正笑嘻嘻地看着自己，于是假装一本正经地说：“都别瞎说啊，我真是不懂就问。”

“嘿，你获得了物理竞赛一等奖，校报上都登出来了，明明是大神，装什么蒜呢。”几个同学七嘴八舌地议论着，终于说到了重点，“既然澍哥一等奖奖金到手，是不是应该请大伙儿撮一顿啊？”

“你们啊，不用间接研究就可知是吃货！”冯澍惟妙惟肖地学着教授的语气和神态，又引起一阵哄笑，他的心情也随之放松下来，暂时忘掉了烦心事，跟朋友们一起渐渐走远。

冯澍没注意到，在他身后，一个清秀的黑发姑娘抱着书本，正静静地看着他的背影远去，眼神意味深长。殊不知，命运的轮盘已经开始转动，他的疑惑很快将得到解答，但他必须为这个答案付出意想不到的代价。

砰砰科技

二十年前，一家名为砰砰科技集团的公司注册成立。成立伊始，砰砰集团就凭借其雄厚的资金和技术优势迅速发展。到今天，它已经成为市值数千亿美元的上市公司，跻身全球十大 IT 科技企业，业务范围涵盖国家经济和民众生活的方方面面。

在砰砰科技大厦的董事长办公室内，现任董事长倪坤正对着镜子有条不紊地整理着装。办公室一角，一台扬声器正在播报一连串报告：“SM09 实验室实验结果：11：30，装填 500 号实验品，运行失败。13：30，装填 501 号实验品，运行失败。15：30，装填 502 号实验品，运转良好，无不良反应，处于观察期。16：00，运行良好……”

“运行良好……”倪坤重复着播报的内容，一边对着镜子整理着装。正午的阳光从落地窗倾泻进来，洒在他自信而冷漠的脸上。这时，一直站在门外等候的女秘书珍达提醒道：“倪总，大会还有五分钟开始。”

“知道了。”倪坤一个深呼吸，最后紧了紧领带。

砰砰科技大厦的会议大厅里早已坐满了人，集团的高管、股东和媒体都在等着倪坤宣布他亲自主持的重大项目——砰砰大健康计划。尽管大厅的冷气开得很足，但依旧燥热，很多人已经从各种渠道打听到了这个项目的一些消息，董事长还未登场，台下已经开始议论纷纷。

“无偿为贫困人口提供医疗？我看集团的资金链撑不过两个月！”

“倪坤这小子把事情想得太简单，要是何总还在——”

“欸，这话您可别乱说，何总隐退得那么突然，没准儿另有隐情……”

人群外，一个穿制服的年轻人倚在后门的阴影里，饶有兴致地听着会场内的谈话。他左手插兜，右手熟练地弹出根烟，没点燃，只是在手里有一下没一下地转着。

下午两点整，随着会场照明灯缓缓变暗、聚光灯渐次亮起，大厅慢慢安静下来。砰砰科技集团现任董事长倪坤在追光灯下迈步上台，站定之后，微笑点头向台下致意，便直接开始了他的演讲。

“各位好。首先感谢各位来到砰砰科技集团年度发布大会，感谢各位多年来对砰砰的贡献和支持。”

台下响起稀稀拉拉的掌声。

倪坤并不介意，继续说道：“十年前我答应何总的请求接管集团的时候，就决心一定把砰砰做得更好。十年来我们不负众望。但是今天，我们需要思考，思考我们需要坚持什么，思考未来的路在哪里。我们受到尊重的原因，不是我们的世界排名是多少，也不是我们的利润有多大，而是我们是否为国家、为世界、为人类的未来解决问题，创造价值！当下，我们国家最难解决、最需要关心的就是贫困人群。国家要强，贫困人口必须强，国家要健康，贫困人口必须要健康！这是我们做企业的使命。因此，我正式宣布，砰砰大健康计划从现在开始全面启动。我们将为符合标准的民众提供免费且优质的医疗服务！”

听众对董事长规划的蓝图似乎并不感兴趣，大厅里依旧是落针可闻，安静得让人心慌。不过这一切都在倪坤的意料之中，他微微抬起头，俯视着台下的众人，微笑道：“我知道你们的担忧，毕竟企业靠利润发展，这是每一个商业项目的前提。但是，我要告诉你们，你们都错了，你们有没有想过砰砰提供了上千亿元的免费医疗服务后，将会得到什么？”倪坤伸出手，五指并拢，指尖向上，就像一只收紧了开口的钱袋，正色道，“我们打通的是全国的线下医疗资源，这是一片价值十万亿元的蓝海。每一座提供医疗服务的健康小镇，都是包含地产、养老、饮食、娱乐的垂直闭环生态链，每一个环节都足以制造巨额利润。”

说到这里，台下听众一扫刚刚的漠然，开始聚精会神地听起来。

“不仅如此，借此高涨的股价更会为我们带来百倍于前期投入的回报。我宣布，将本人所持股权的 50% 分给所有成为大健康计划合伙人的你们。我承诺，不出一年，在座的各位都将得到百倍、千倍甚至万倍的回报！”

话音刚落，整个会场的听众全体起立，爆发出热烈的掌声，每个人眼中都闪烁着疯狂的光芒。

倪坤暗自冷笑。在他眼里，这些所谓精英的高管和股东就像幼儿园的孩子一样单纯，大棒和糖果并施，就能把他们控制得服服帖帖。可笑的是，这些人自以为特别，立于万人之上，其实只是倪坤达成目的的工具而已。目的达成之日，便是他们“退场”之时，今天的喝彩和掌声就是他们葬礼上的丧钟。

会议结束，倪坤在工作人员的簇拥下走出会议大厅。斜刺里突然伸出一只胳膊，挡住了他的去路，耳侧响起一个青年懒洋洋的声音：“倪总，还请留步。”说话的正是开会前站在后门穿着制服冷眼旁观的年轻人。

倪坤并未理会，身边几个工作人员和保镖迅速上前将年轻人挡开。这时年轻人从口袋中掏出一枚血色的水晶，红光一晃：“咱聊聊？”

倪坤余光一扫，正好看到徐甫手中的晶体，面无表情地说：

“跟我来。”

训练有素的保镖们立即侧立两旁，让出一条道来。徐甫得意地一挑眉，露出胜券在握的微笑，跟在倪坤身后。

两人一路到顶楼的总裁办公室。计谋得逞的徐甫越发得意，干脆一屁股坐在总裁办公桌上，拿出晶体，故作轻松地把玩起来。

“警官来是为公事？”倪坤率先问道。

“可以是公事，也可以是私事，要看您了。”徐甫头也不抬，自顾自用手中的晶体拨弄桌上的国际象棋棋子。

“我不喜欢说废话。”倪坤冷冷地说。

“得，那咱们明人不说暗话。这东西您认得吧？上面正查它呢，我要是往上一报……”

时间倒退到几天前。一连串强烈的异象带来的巨大冲击让冯澍不由自主地丢下晶体回到现实。

稍事休息后，冯澍将看到的异象原原本本地说给徐甫听。两人正聊着，冯澍忽地想起最后出现的男人不正是经常在新闻里出现的砰砰科技集团董事长倪

坤吗？徐甫不露声色，内心大喜过望，原本只是想找到些线索立功升职，没想到还有意外收获。巨贾倪坤的把柄可是自己改变命运的好机会，只要善加利用，可比立功进编制来得快。徐甫按捺住激动的心情，经过几天的精心谋划，才有了在砰砰大厦会议厅外的一幕。

得知徐甫的来意，倪坤反而显得放松起来。他不慌不忙地解下领带，松了松袖口，随后从西服内袋里掏出一只外壳斑驳老旧的金怀表，弹开表盖，低下头若有所思地看着表盘。

“怎么，倪总这是嫌我占用您的时间了？”

突然，倪坤用力合上表盖，开口说道：“徐甫，25 岁，西京市北城区鼓楼大街派出所协警，连续三年被评为优秀工作者，但私下里利用职务之便向社会闲散人员收取保护费。自幼丧父，母亲现在餐馆打零工为生，家住……”

从徐甫现身到现在短短十几分钟内，砰砰集团已经通过强大的情报网将来者的身份调查得一清二楚，并通过无线耳机告诉倪坤。

徐甫一个激灵跳起来，用晶体指着倪坤：“查我？我什么样的人我自己心里有数，你是什么样的人外面人都知道吗？你所谓的‘大健康计划’，叫‘大谋杀计划’更合适吧？是，我是收黑钱，因为我穷啊，没办法，但倪总是大善人，不如帮我一把？双碑村这事，我觉得值一个亿！”

倪坤不紧不慢地回答：“徐‘警官’的要价，低了。”

话音未落，两名身材魁梧的保镖进入办公室，一把将徐甫掼在桌子上，直接将桌面砸塌，棋子噼里啪啦掉了一地。

倪坤从墙边拾起一支被擦得发亮的高尔夫球杆，眯起眼睛，像是在考虑面前这个动弹不得的猎物是否还有利用价值。徐甫被摔得几乎散了架，头昏脑涨，迷糊了一阵才睁开眼睛，慌忙求饶：“倪总，咱们有话好说——”

话声未落，剧痛伴随着高尔夫球杆挥动的风声袭来，骨头碎裂的剧痛让徐甫逐渐意识模糊。他自以为是咬住猎物咽喉的狩猎者，可惜他低估了自己的目标。如果把如潘爷一般的地头蛇的恶比作一团墨迹，那么徐甫面前的男人的恶就是遮天盖日、涌动翻滚的乌云。

倪坤扭了扭脖子，悠悠然将球杆放在一旁，踱步到窗边，打开窗户，微风拂过窗帘。这时，扬声器蓦然响起播报声：“紧急报告，502 号实验品停运，正在查找原因。”

倪坤叹了口气，坐在窗边的沙发上，看着地上不省人事的徐甫，忽然间想到了什么。

亡羊补牢

图书馆正是人满为患的时候，很多学生起个大早就是为了占个好位置埋头苦学，生怕来晚了一座难求。可偏偏书架旁的一张长桌上横七竖八地摆着五六摞书，足足占了三个人的位置，长桌边缘一个男生正无所事事地趴在桌上，无心看书，和周围的气氛格格不入，看得许多找不到座位的同学目露鄙夷，恨不得用眼神将他赶走。

这个“潇洒”的人物不是别人，正是冯澍。但他并不是无所事事，而是憋着心事：他从双碑村神秘晶体中看到的异象，无论是诡异的“神目”还是倪坤的出现都让他百思不得其解。不过，冯澍坚信一点：二十年来宝玉从没欺骗过他。

可宝玉的异能到底是什么原理呢？它是冯澍从小到大一直想解开的秘密。童年时他在科普书中读到物理学家加来道雄曾说：“物理学的目标是剥去客体的表层，揭示它们的内在本质。”从那以后冯澍就以物理学作为自己的方向。这次表哥带来的神秘晶体，不知是否能引导自己找到真相。想到这里，面对不确定的未来，他有些惶恐，也有些期待。

冯澍趴得有些累，想松松筋骨，便坐起来张开双臂伸了个懒腰。不料一个女生抱着满怀的书正好从他身边走过，一时躲闪不及，女生臂弯里的书全被蹭落到地板上。

“对不起，对不起……”闯祸后，冯澍连连道歉，迅速弯下腰帮忙捡书。这时他突然发现在散落一地的书本与复习资料之间，夹着一本格外打眼的旧书，破破烂烂的封面上所绘的图案居然和冯家宝玉以及晶体异象中的图形一模一样。发现新大陆似的冯澍兴奋地伸手去捡，却不小心抓到了女生同样伸出的手。

女生“哎呀”了一声，两人同时抬起头，冯澍这才看清女孩的长相。

只见她一头长发，齐刘海，虽然左眼处覆盖着一块淡红色的胎记，但并不能掩盖女孩眉间的秀丽，一双清澈的杏眼让冯澍看得出神……直到看见对方微微蹙起眉头，冯澍才意识到自己的举动有些冒失，讪讪道：“咳，我对这本书挺

有兴趣的，那个，能不能借我看一下……”

“借你书可以，”女生被冯澍窘迫的样子逗笑了，“但先把我的手放开啊。”

“啊……哦。”冯澍涨红了脸，慌忙缩回手，语无伦次起来。

“你是物理系的冯澍吧？”女生顺手撕下一张图书馆提供的便笺，写好自己的姓名和电话，递给冯澍。见冯澍不接，女生的唇角微微染上笑意：“拿着吧，看完记得还给我。”

“啊……哦。”在男生众多的理科院校里，冯澍算是颇为亮眼的一个，还曾被损友戏称为“侧面彭于晏”，无奈他从小到大，半点恋爱经验也没有，就是只 24K 金单身狗。长这么大，这么漂亮的姑娘主动给冯澍留下联系方式，算是头一回。他接过纸条，只见上面写着“何曈”以及一串电话号码。字迹颇为清秀，可谓字如其人。

“后会有期，Bye。”

“啊……哦。”冯澍呆滞地看着何瞳走远，才想起自己连感谢的话都没有来得及说。忽然传来几声窃笑，左右一看，周围有不少同学都放下书本，看着发窘的冯澍，其中不乏几个认识的男同学还冲他竖起大拇指，搞得冯澍更加尴尬，赶忙把其他书归还，匆匆离开图书馆。

图书馆旁的水塘是校内最清净舒适的角落，秋风拂柳，在冯澍心中激起阵阵涟漪。他坐在长凳上，仔细翻看起从何瞳处得到的旧书。

《参透天机——天地解密》——从书名来看，这本书的格调不高，似乎是 20 世纪末随着“气功热”等浮夸神秘学衍生出的地摊读物，但封面上的图形确实和冯家宝玉一模一样。冯澍一页页浏览过去，发现里面记录的都是诸如“埃及法老诅咒”“玛雅人水晶头骨”“亚特兰蒂斯”“空大陆”等烂俗、不靠谱的传说。终于，他找到了有宝玉图形的一章，题目是“神目文明”。

冯澍不禁有些激动，指尖微微颤动着翻开细看，却被当头浇了一盆冷水——这页大半部分都缺失了，只剩开头几行小字：

神目文明——传说在人类诞生二十亿年前，地球上曾存在过高级文明生物，科技远超如今的世界大国，但不幸毁灭于一场巨大的灾变，推测可

能是核大战或者自然巨变，只遗留下一个眼睛状的神秘图腾，成为现代的不解之谜。

但是，随着研究的深入，科学家逐渐发现这个文明并没有灭绝，其中……

记录到此为止，冯澍仔仔细细地把整本书前后翻了个遍，都没能找到其他信息，只得将书放下，看着水面出神。事情的发展就像初秋这一抹寒意，说不清道不明，却心下有知。晶体案、神目文明、倪坤，他的脑子乱成了一锅粥，感觉自己就像个没头苍蝇，在被一股不可名状的神秘力量拉扯着，去向不知名的远方。

一阵急促的手机铃声打断了他的胡思乱想，拿起手机一看，是徐甫来电。冯澍赶忙接起，正想跟表哥倾诉一下自己的心事。

“大澍！我调查倪坤的时候被他们发现了！”听筒里传来徐甫气喘吁吁的声音，“现在正被倪坤的手下追杀！”

“你怎么样了？”冯澍差点儿喊起来。

“我暂时没事——”

“你现在在哪儿？我马上报警！”

“不要报警！”徐甫急切地说，“局里都是他们的人。大澍，你听我说，倪坤果然有问题，证据就在砰砰大厦顶层，他的办公室里，你一定要拿到才能扳倒他们……有人来了，快去……”

“徐甫！徐甫！”尽管冯澍极力呼叫，但再没有得到任何应答。电话里传出一阵嘈杂的噪声，然后断了线。

追杀，阴谋，犯罪证据……冯澍万万没想到，自己用异能帮助表哥竟然会害了他，他第一次觉得老爸天天念叨让自己低调似乎有点儿道理。但木已成舟，就算后悔也晚了。现在时间就是生命，亡羊补牢、未为晚也。冯澍抓起书包，给母亲发了个“晚上和同学一起自习，晚点回家”的短信，拔腿向校外跑去。

砰砰科技集团总部大厦一层大厅里人流如梭。有的西装革履，背着电脑包，一副商业精英的样子，却席地而坐，疯狂修改着电脑里的 PPT；有的穿运动鞋、牛仔裤、Polo 衫，一手拎 LV 小手包，一手拿着手机电话不断。大厅里还有各大外卖派送员、快递员抻着脖子等着砰砰的员工下楼取货。花花绿绿、三教九流，成了一道特别的风景。

也幸亏如此，冯澍一身学生打扮倒也不显得突兀。他假装正打电话，在大

1 2 3
4 5 6
7 8 9
0
砰砰科技

厅里踱着步，思考着如何进入大厦，找到徐甫电话里说的证据。

虽然大厅里进出自由，但安保极为严密。在正面有三条安检通道，员工和访客必须经过安检，再凭员工卡或在前台领取的访客凭证才能进入电梯间。除了穿着制服的安检人员，还有数名穿统一样式西装、戴着无线电耳麦的便衣安保在大厅里巡行。

硬闯显然不行，冯澍一边继续观察环境，一边在头脑中飞速思考着如何能突破安检。这时，一名推着手推车的保洁员从冯澍身边走过，放在车上的对讲机里传出“顶层总裁办公室需要清洁，顶层总裁办公室需要清洁”的声音。保洁员回复了一声“收到”，推着车来到大厅侧面的一道电子密码门边，嘀嘀几声输入密码，开门进入。

看到这一幕，冯澍大喜过望，可谓“正愁没有胶（招），天上掉下个黏豆包”。他假装不经意地踱步到密码门前，屏气凝神发动异能，眼前顿时显现出保洁员输入密码的画面。他按照画面输入密码，随着一声轻响，门锁应声而开。

门后是大厦的消防通道和货运电梯间，平常只有保洁员和工人使用。

刚才进入的保洁员小哥看见冯澍进来，显出有些好奇的样子。冯澍强作镇定与小哥一起进入电梯。

狭窄、逼仄的电梯中的时间过得格外缓慢。电梯每停一次，冯澍心里就咯噔一下。虽然他刻意避免与电梯内的乘客们进行眼神接触，但他心里还是隐隐发慌，总感觉有双眼睛在盯着自己。

“叮咚”一声，电梯终于到达顶层。保洁员推着车走出电梯，冯澍也赶忙尾随而出。电梯里站在冯澍背后戴红框眼镜的女白领并没有要下电梯的意思，只是看着冯澍离开的背影，推了推鼻梁上的眼镜。

与此同时，在上千公里外一处黑石矗立的悬崖尽头，一名老人站在悬崖边，逗弄着肩上的黑雀，低声喟叹道：“只愿命不负我……”

砰砰大厦顶层的走廊里响起清脆的关门声，接着是一阵保洁车车轮摩擦地面的声音。保洁员完成了总裁办公室的清洁工作，推着车缓缓返回。

走廊转角处，一个身影蹑手蹑脚地靠近总裁办公室，小心翼翼地推开门，闪身进入，又迅速反身将门掩上。

终于成功潜入办公室的冯澍抹了把汗，四下张望，搜寻起来。

办公室空无一人，偌大的落地窗可以俯瞰市中心，半个城市的景色尽收眼底。只见房间正中地毯上有一块血色印记。冯澍上前勘查，蹲下对着地毯使用宝玉异能，竟然看到徐甫躺在地上，脸和衣服上尽是斑驳的血块，目光所及之处都是青紫色的瘀伤，右腿以一种奇怪的角度扭曲着，显然已经折断了。

冯澍打了个寒战，想到徐甫恐怕已经凶多吉少，心中不禁急得要冒出火来。他再次检查四周。墙边的书架被搬开一角，后面似乎是一道暗门。冯澍小心翼翼地俯身走进去，只见这间不足 15 平方米的小隔间里布置了五六排金属架，架子上密密麻麻地堆放着大箱子、牛皮纸包和一些怪模怪样、印有宝玉上的图形的金属部件。

莫非这些就是徐甫所说的证据？

将信将疑的冯澍正准备发动异能再次查看时，密室内侧突然传来几声微弱的敲击声和含混不清的闷哼。有人?!冯澍吓得一动也不敢动，大气更不敢喘。时间一分一秒地过去，奇怪的是，过了一会儿仍不见有人出现。接着，那个声音再次响起。这一次，冯澍不再惊慌失措，而是专注地侧耳聆听。这声音听起来有些熟悉，难道……

冯澍循声来到最内侧的架子。他在架子上一阵摸索，意外触发了一个开关。金属架无声地滑开，露出后面的暗室。

“啊！徐甫你……”不出冯澍所料，幸运之神似乎终于开始眷顾他，在架子后面发出声音的人果然是徐甫。只见徐

甫被五花大绑，躺在地上，嘴里塞了块破布，露出的皮肤上全是伤痕，眼里满是红丝，鼻子里流出的鲜血已半干。

冯澍用颤抖的双手取下徐甫口中的破布，扶起表哥。

“呃啊……”徐甫尝试着动了一下右腿，疼得呻吟出声。冯澍连忙扶住他：“别动，我背你出去！”

“我知道你会来的，真是一切全靠你了……”徐甫强打精神道，沾血的眼角流露出一丝笑意。

冯澍哪里顾得上说话，他背过身蹲下，双手伸向背后，急忙说道：“别废话，快上来！”

话音未落，冯澍只觉得背后突然一麻，似乎一股山崩般的力量直直压向后背，整个身体仿佛散了架，像个破布口袋似的软软瘫倒，眼前的世界刹那间被混沌的黑暗包裹。在意识中断的最后一刻，他依稀听到徐甫对他说了一句“对不起”。

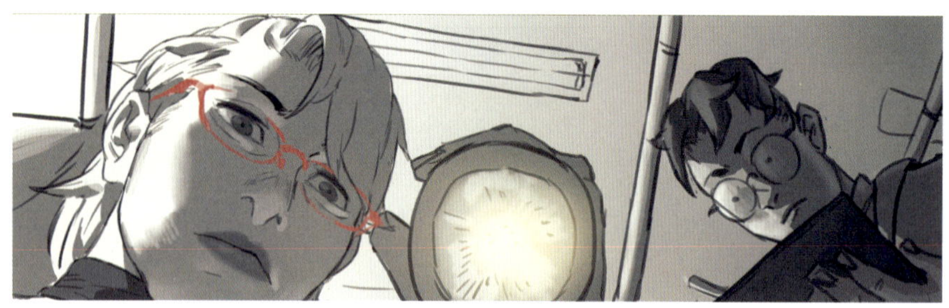

神目会

在一片耀眼的白光中，冯澍缓缓睁开眼。一片模糊的视野聚焦成面前一男一女两个模糊的轮廓。见冯澍醒来，女人拿出一支小手电对冯澍的瞳孔晃了晃，转身轻声说："倪总，他醒了。"

冯澍觉得后背火辣辣地疼，脑子混混沌沌什么也想不起来："这里是……"

"冯澍。"一个身材魁梧、器宇不凡的男人出现在冯澍的视线里，"欢迎来到砰砰集团，我就是你要找的倪坤，你身旁这位是我的秘书珍达。"

倪坤？冯澍愣了一下，随后骤然清醒，此人正是自己从双碑村晶体里所见到的男人，砰砰科技集团董事长倪坤！他猛地撑坐起来，质问道："徐甫呢？你把他怎么了？"

"他很好，"一旁的珍达回答，"已经安全回家。"

女子一袭黑色的职业装，飒爽的金色短发下，一副红框眼镜柔化了她凌厉的眉眼线条，整个人显得干脆利落。

冯澍感觉似乎在什么地方见过这名女子，但一时又想不起来……

珍达见冯澍盯着自己，于是又要再说点什么，一旁的倪坤微微抬手示意她不要说话："徐甫和我有些误会，现在已经解决。"

尽管倪坤的声音恳切柔和，听起来还有一分亲切，但徐甫那血淋淋的惨状，怎么可能用一句轻飘飘的“误会”带过！他强撑起身子，试图挪下床。

倪坤看在眼里，不紧不慢地说道：“你随时可以走。”接着从口袋里摸出一物，亮在冯澍眼前：“但我留你在这儿，是想跟你聊一聊它。”

倪坤拿出的，赫然是冯家的家传宝玉。

冯澍大惊之下摸向胸口，果然空空如也，顿时手脚发冷，如坠冰窖。“还我！”冯澍顾不得自己的处境，伸手就去够宝玉，却抓了个空。倪坤施施然收回手，很有绅士风度地做了个“请”的手势。

“请坐。”

冯澍自记事起便与家传宝玉形影不离，此时宝玉被人抓在手中，他感觉心都被揪紧了，却只能咬牙乖乖坐下。

很快，一杯热气腾腾、散发着浓郁香气的咖啡被端到冯澍床前。倪坤坐在床头，眉宇间的关怀好似看望病人的亲友。可越是如此，冯澍越是感到毛骨悚然，不禁厉声问道：“你到底要干什么?!”

看着冯澍如临大敌的神情，倪坤不以为意：“猜疑会把朋友变成敌人，你我都是神目的传人。”说着，他犹如一个慈爱的长辈，面带微笑地将咖啡亲手递给冯澍。

“神目？”听到这两个字，冯澍心中一颤，想起了在晶体中看到的情形。在好奇心的驱使下，冯澍将信将疑地接过咖啡。倪坤注视着他的眼睛，说道：“一切的一切，要从人类诞生前说起。”

在人类诞生前二十亿年，一个高度发达的文明曾在地球上存在过。这个文明内的智慧生命参透了宇宙的玄机，上擎天，下撼地，移山填海，无所不能，拥有了傲睨万物的资本，创造出一个没有贫穷、没有疾病、没有衰老、没有死亡的世界。这个完美的时代，被称为“黄金时代”。

可惜世事本无常，盛者转衰如沧桑，有光明地方，黑暗就在阴影里缓缓生长。失去生存压力、得到一切的文明陷入了空前的精神空虚，物质上的繁荣无法杜绝嫉妒和猜忌，智慧生命的本性也开始扭曲异化，唯有互相争斗杀戮才能给它们带来一丝短暂的平静。战火连烧数十年而不散，鲜血浸透整个大地，是为“黑血时代”。

璀璨了数亿年的文明被战火一点点吞噬，逐渐燃烧殆尽，化作漫天灰烬。“寂绝时代”成了这个种族的终点。虽然这个文明的一切已随着时间湮灭，但一件遗物侥幸得存，机缘巧合之下，在战国时期为一名隐士所得。隐士通过

神目得知前尘往事。他十分担心这件遗物蕴含的力量会导致人类重蹈神目文明的覆辙，于是创立了一个名为“神目会”的组织以守护遗物，谨防滥用，直到今天。

听到这里，冯澍心中的所有问题都聚集到了一起：神目文明—神秘符号—冯家宝玉—异能。刹那间，一切都在他脑中连成一线。冯澍怔怔地看着倪坤手中的宝玉，喃喃道出最关键的那一环：“天启大爆炸……”

倪坤露出欣赏的神色。这时，珍达接话道：“神目内藏寰宇之力，能生万物，亦能灭万物。神目会继承上古神人之道，数千年来为华夏殚精竭虑，解苍生困厄，担天下忧患。天启异变后，神目四分五裂，自此兵戈抢攘、云雨八方，再无人力挽狂澜，都是因为你们冯家私藏神目核心多年。现在我们掌门宽宏大量，只要将神目核心归还原主，就对冯家不再追究，你要珍惜机会。”

听完倪坤与珍达两人的话，冯澍心中的疑惑已经解开大半，却也带来了新的问题，他抬头说道：“没这么简单吧，如果我家的宝贝真是你们说的什么神目，你们拿走便是，何必在这里跟我费口舌？”

珍达顿时语塞，望向自己的主子。倪坤爽朗一笑，回答道：“问得好，我就喜欢你这样的聪明人。”接着起身在冯澍的床前踱起步子，边走边说：“使用神目不仅要凑齐神目碎片，还要神目认我为主，所以我需要你的协助。”

珍达不失时机地插言道：“你家先祖捡到神目核心时就被神目认定为主人，还随着血脉流传至今，你能使用神目异能就是最好的证明。现在，我们需要你配合进行一个传承仪式，让神目认定倪总为主。这原本是神目会新旧掌门间的传承仪式，想不到今天让你这样的小子……”

“新旧掌门？那我就是神目会现任掌门了？有你这么对掌门讲话的吗？”冯澍抓住珍达的痛脚反击道。

这时，一直保持微笑的倪坤用眼神向珍达射出两道利光，后者立即低头退到门口不再言语。倪坤郑重其事地看着冯澍，说道：“你是神目会复兴的最后一片拼图。财富、名誉、地位，我可以给你想要的一切。你我均为神目滥觞所出，同根同源，你就是砰砰科技、神目会未来的继承人，我们一起为这个世界赋予新的秩序，让它变得更好。”说完，倪坤将家传宝玉递到冯澍眼前。在灯光下，宝玉翠色盈盈、流光溢彩，完美得不似人间之物。

冯澍感到一阵眩晕，想不到自己这次冒险非但有惊无险，富甲天下的砰砰科技集团董事长居然还向自己伸出橄榄枝，难道从这一刻起，自己就将走向人生巅峰？他痴痴地握住宝玉，倪坤所描述的辉煌前景仿佛已握在掌心，心中不由得升腾起一种莫名的兴奋，不经意间发动了异能。

刹那间，在冯澍眼中，房间变成一片血海，无数人痛苦的面容在海浪中翻滚、哭喊。眼前温文尔雅的倪坤浑身漆黑，化身异兽，利爪死死抓住冯澍，仿佛要将其拖入这血海深渊之中。

冯澍一惊，仿佛甩掉一条毒蛇般奋力甩开倪坤的手，整个人从床侧滚落下来，宝玉也应声落地。冯澍连滚带爬，想抢先捡起宝玉，却被倪坤一脚踢开。

听到吵闹声，门口的珍达与两名黑衣壮汉迅速冲进屋，将冯澍摁倒在地。看着面色惨白、胁肩累足的冯澍，倪坤何等精明，眼底阴光一闪，瞬间就明白过来冯澍刚才必定是借助异能看到了什么才会有此举动。他俯身捡起宝玉，掏出怀表看了眼时间，随后不紧不慢地走出房间，仿佛刚刚发生的一切都与他无关。

走廊里，冯澍被铐着双手，在

两名黑衣人的押解下来到走廊尽头一扇银行金库般厚重的大门前。

大门从中间向两侧缓缓滑开，里面是一间实验室。十多名穿着白衣的工作人员在各种设备间穿梭来往，地板上横七竖八铺着的线缆都指向房间正中间一座一人多高、形似香炉的物体。在有些昏暗的灯光下，“香炉”表面闪着微光。

冯澍认得，这就是神目！一个高大的身影正站在一旁仰望着神目，听到冯澍进来的声音后转过身来，那正是刚才离去的倪坤。他脸上全无刚才的和善，面无表情地说道：“这是你最后的机会。”

冯澍被黑衣人推搡得踉跄了几步才站稳，抬头望向倪坤，调侃道：“倪总钱实在太多非要给我也不是不行啦，但是我不害人。”

倪坤丝毫没有生气，轻轻一拍手。从神目背后，两名跟冯澍同样戴着手铐的人被打手推搡着带到众人面前。

两人中盘发的女人抬起头，失声道：“大澍！”另一个脊背更宽厚些的中年男人静默地望向冯澍，眼中布满了血丝。

看到二人的一刻，冯澍浑身剧烈地颤抖起来，发疯似的要挣脱左右的黑衣人：“爸！妈！”

也不知哪里来的力气，冯澍一把挣开身边的黑衣人，几步冲过去跪倒在父母身边。此时的他再也控制不住自己的情绪，哭喊着向父母道歉。

“傻孩子……”冯母勉强挤出一个微笑，“我们没事儿。”

“都是我的错，都是我！要不是我滥用异能，你，你们也不至于……”冯澍颓然跪倒在地，哽咽着说不出话来。

“不许哭！”冯父喝止了冯澍的哭声，“你没有错！”他俯下身，沉稳地望向儿子，毫不掩饰眼中的骄傲：“你一直很勇敢，我们相信你做得对！”

闻言，冯澍勉强忍住的眼泪再一次决堤而出，自责、悔恨、愧疚、痛苦……种种情绪交织在心头。他扑倒在父亲肩膀上，哽咽着说不出半个字。旁边，冯母费力地侧过身子，轻轻靠在冯父身旁，一家人紧紧依偎在一起。此时，任何语言都显得那样苍白无力。

“表弟啊，你要是能通情达理，你全家根本就不会走到这一步！”一个熟悉的身影从冯澍父母身后一瘸一拐地走了出来。

“畜生！”冯父痛骂出声。

看着父母愤恨而痛惜的眼神，之前冯澍脑中的种种疑问都有了答案：为什么在密室中自己会被击倒？为什么倪坤对自己如此了解？为什么倪坤知道冯家宝玉和异能的秘密……这一切都是因为自己眼前的这个叛徒——徐甫！

徐甫的背叛与至亲的安危压得冯澍喘不过气来，他凶猛地扑向徐甫，却被几个黑衣人迅速控制住，拉到倪坤面前。冯澍恶狠狠抬起头，咬牙切齿地对倪坤吼道：“你已经拿到了宝玉，还要做什么！”

“完璧归赵。”徐甫替倪坤回答道，“你们冯家偷走神目核心，数百年来不知归还，已经占够了便宜！现在神目已经认你为主，你必须配合传承仪式，才能把你家偷走的异能还给掌门。表弟，这次你可不要再选错了，我都是为你们好。”

听到徐甫的声音，冯澍心中顿时又是一阵激愤：“我们对你那么好，你居然恩将仇报！”

徐甫不以为意，说道：“从小到大，你们所谓的好不过是施舍，怎么可能真正理解我的难处。现在就有个机会逆天改命，你要是我，你怎么选？”

“施舍？我去你的……”面对徐甫的厚颜无耻，冯澍的愤怒达到极致，再次冲向徐甫。旁边的黑衣人一记勾拳重重打在冯澍的腹部。他一口气没上来，剧烈地咳嗽了好一阵才恢复过来。

他恨自己没能察觉到徐甫的本性，更恨自己居然还曾经有些崇拜他。短短一天之内，自己的平静生活就像海市蜃楼般烟消云散。

一直在旁边饶有兴致地观看这一切的倪坤，此时对徐甫点头道：“逆天改命……很好，我会给你机会的。”接着，他走到冯澍父母身边，一只手搭在冯澍父亲的肩膀上，面对冯澍继续说，“请吧。”

冯澍别无选择，只得听从倪坤的要求。

冯澍和倪坤双双来到房间中央的巨大“香炉”前，这就是神目会经过几百年努力重组的神目机体。随着一声轻响，倪坤将宝玉嵌入核心，机身像是被激活一般，周身闪烁的亮光也灵动起来。冯澍眼看宝玉与这巨大的机器合为一体，仿佛失去了一个陪伴自己长大的伙伴。

但此时的冯澍无暇他顾，只想赶快完成这一切，然后像忘记一场噩梦一样将宝玉、神目、异能抛到脑后，跟父母平安回家，做一个再普通不过的普通人。

“掌心正对核心，发动异能。”在飞扬的荧光中，倪坤冲冯澍伸出手。刚刚的暴戾转眼间悉数退去，此时他像是周身流转着星屑的神祇。

冯澍强撑起无力的身体，拖着脚步上前两步，闭上眼，手掌用力按在核心上，最后一次发动异能。

“为了爸妈……”

耀眼的白色光芒有如爆炸般迸发，巨大的冲击波从神目上方迸出，震得实验室的天花板和墙壁隐隐出现几条裂痕。除了瞑目不语的冯澍与口中念念有词的倪坤，其余人都被冲击波拍翻在地。

伴着倪坤低沉的吟咏，漫空光芒汇聚成红银两环，将冯澍和倪坤与神目核心连在一起。一道红光从倪坤掌心蜿蜒而出，如蛇般缠绕到冯澍的手臂上，又缓缓向着核心游去。倪坤的汗水已经浸湿了鬓角，顺着下颌的胡须滴落。冯澍更是面白如纸，咬牙倚靠着底架才不至于瘫倒。

“嗬！”倪坤一声大喝，身体好似燃烧起来，脸色赤红，皮肤寸寸龟裂，就连眼睛都向外飘出红金色的火苗。红光从他掌心喷薄而出，房间里仿佛升起了一颗人造太阳，热浪灼灼，空气凭空爆出火星，将这位神目新主包裹在耀眼的金色光芒之中。半晌，倪坤身上的火焰渐渐消退，面前凝聚出一枚燃烧的神目图腾，一闪隐没在双瞳中。

仪式完成，冯澍早已瘫倒在地。神目会众三三两两爬起来，将满脸疲惫的倪坤扶至椅子上，慌乱地为他做着各种检查。

冯澍瘫软在地上，想流泪，却是满眼的干涩。从心底油然而生的恐惧紧紧攫住冯澍的心脏，那是弱者面对强者时抑制不住的、源于本能的恐惧，是在文明诞生之初就深深烙印在人类灵魂中的疤痕。半晌，冯澍的耳朵里慢慢响起啜泣声，母亲的眼里盈满泪水，扑到他身上，父亲也在一旁焦急地看着他。原来是两人在混乱中挣扎着来到了他们最关心的儿子身边。看到父母，冯澍内心又有了动力，他勉强提起一口气爬起，对倪坤说：“倪……总，您该兑现诺言了。”

“呵。”此时的倪坤已经恢复过来，摸出怀中的金表，看了一眼时间，沉稳地说道：“不用着急，成功与否，还需要最后一项测试。”接着他话锋一转，“你也算与神目有缘，我不如再告诉你一个秘密。神目异能之大可以改天换地，但凡事都要有代价，改变命运的代价就是命运本身……”

倪坤的话云山雾罩，一种不祥的预感在冯澍心中升起。

“命运，就是生命的集合，就是人的生命。被吸尽生命的人，就会变成你见过的晶体，就像是……这样！”

还不等冯澍反应过来，倪坤举起右臂，一道红光如蛇般沿着神目上的叶片状脉络从尖端蜿蜒而出，闪电般袭向冯父和冯母。冯父似早有预感，在触目惊心的红光中，红色的晶体从冯父胸口蔓延开，他没有慌乱，没有露出一点痛苦的表情。做了

一辈子严父，此时他的眼神却透着难得的慈爱：“儿子，你长大了。”冯母含着泪向冯澍伸出双臂，满眼都是不舍：“大澍，你要好好……”

母亲的唇形永远定格在“活”字上，颤抖的手指被晶体侵蚀成雕塑。

两尊晶体像静静地望着冯澍。前一刻，他们还是有血有肉的人，是冯澍的心灵依靠、血脉至亲，而现在，他们只是两尊冰凉的雕像，不言不语，一动不动。一滴残泪从晶体像平滑的脸颊滚落，滴在地上，消逝无踪。本就虚弱的冯澍张大了嘴却发不出任何声音，窒息似的疼痛席卷胸口。眼泪无声地从眼眶滚下来，眼前泛起一片灰蒙蒙的迷雾。

在失去意识前，一个轻柔的女声在他耳边响起：“要报仇，找神目之主。”

神目之主

在崇山峻岭中，几座山峰间凹下一个深不见底的巨大漏斗形深坑，坑中石壁四合，青天如井，四面一削千丈的绝壁直插地下，深不见底，令人目眩，被世人称为“天坑”。冷风卷着腥气，寒意逼人。天坑里暗河众多，还有四通八达的密洞，百米瀑布飞旋倾落，注入深渊，不知流向何方。俨然一处人迹罕至的秘境。

目光可及处，时而开阔，时而狭窄，两边的峭壁如刀削斧劈，石壁之上红光点点、明灭不定，隐隐可见几尊爬满青苔的雕像，有悬瀑从石壁中倾泻而出，将底下瞑目环坐的巨人石像冲刷得面目全非。飞禽在岩缝中飞进飞出，时不时发出几声骇人的鸣叫。

崖壁一处凹洞里，除了悬崖洞口，其余三面都被石壁包围，形成了一个天然的囚室。冯澍此时就站在凹洞的绝壁边缘，泪眼婆娑，直直地望着深渊，眼神迷离。这处秘境曾是神目会的发源地，现在则是关押囚犯的监牢。几天前，冯澍就是在这里醒来。

刚醒的时候，周围一片漆黑，冯澍忍着身体的疼痛倚着冰冷潮湿的石壁站起来，缓慢而小心地用手指感知自己的处境。黑暗里仿佛感觉不到时间的流逝，触手可及的除了石壁再无其他。似乎在这个地方，陪伴着他的，只有滴答的水声。

越来越沉重的孤寂感占领了冯澍的心脏，他瘫坐在地上，大脑被各种思绪占满。父母被害的场景像幻灯片一样循环播放着，对父母的悔恨、对徐甫的怨恨、对倪坤的憎恨交织在一起，像是一团永不熄灭的业火灼烧着冯澍的灵魂，烧得他五脏空空，又觉得五脏六腑都重重地坠着。

很多时候，即便我们做好了万全的准备去承受失去和失败，但当事情真的超过了我们的承受能力时，身为凡人的我们都还是会崩溃。更何况冯澍经历了突如其来的打击。

不知过了多久，几道光束射进秘洞，石窟内渐渐明亮起来。对在黑暗中挣扎了整晚的冯澍来说，光明是那样可贵，是这个阴冷石洞里唯一可及的温暖。

可随着石洞内的景象逐渐变得清晰，两个熟悉又陌生的身影映入他的眼帘。

“爸？妈？”冯澍没有看错，他的“父母”其实一直在黑暗中陪伴着他。可是不管冯澍如何痛苦，他们都无法再将儿子揽在怀中。因为他们已经被神目吸干生命，成为两尊泛着血红微光的晶体人像。

冯澍心如刀割，刚平静了一点儿的情绪再次翻涌起来，恐惧、悲伤、愧疚、孤独的感觉狂涌心头像海啸一般将他吞没。他跪倒在父母的晶像前失声痛哭，曾经那个自命不凡的少年在这里彻底瓦解，仿佛二十年的槐南一梦终在这漆黑阴湿之境破碎。哭得精疲力竭了，他就在原地蜷缩着昏沉睡去，很快又在梦魇中惊醒。

倪坤将冯澍和其父母的遗体一同关在此处，一方面是出于谨慎，因为神目初复，还需要进一步研究，留冯澍一命以防有变；另一方面，对于这个不知天高地厚的少年，倪坤就是想像猫逗弄老鼠一样，看他在绝望的轰炸下逐渐走向灭亡。

在绝望中，冯澍逐渐感到，与其被囚禁羞辱，还不如一死了之，尽管这样很懦弱，但更有尊严，也落得个解脱。耳边不断传来难以分辨的低语，那声音似乎在安慰他，又好似在责备他的鲁莽和冲动。

仿佛受到某种召唤，冯澍缓步来到崖边，站了许久后终于长叹一声，下定了决心。

“人生无根蒂，飘如陌上尘。分散逐风转，此已非常身。”

一个雄浑苍劲的声音在密洞中如雷声般炸响，冯澍猛回过头，瞪圆眼睛四下张望，昏暗的石窟里影影绰绰好像都是人影，但仔细一看，又什么都没有。

“谁？”

“神目之主。”那个声音再次响起。

这四个字如同一道闪电，一下子将萦绕在冯澍脑海中的阴霾击得星飞云散、东零西碎。在砰砰大厦晕倒前听到的那句“要报仇，找神目之主”不断在冯澍的耳边萦绕。

“你就是神目之主？有人说你能帮我报仇。”

“汝有何仇怨？”

“神目会倪坤害我家破人亡，我跟他有不共戴天之仇！”

“今之倪坤富可埒国，叱咤风云，何难为汝？”

听到这个问题，冯澍犹豫了，不知是否该将自己的遭遇告诉这个来历不明的“神目之主”。但转念一想，现在的自己已经一无所有，性命朝不保夕，即使只有万分之一的机会也值得一试。于是将自己的遭遇和盘托出，讲到父母被害的地方更是咬牙切齿，悲愤交加。

缄默良久，传来一声长叹，神目之主说道：“吾数年积虑竟已成真，倪坤凶竖得志，神州萧条，生灵涂炭，都怪老夫错看了人！”

悬崖旁，忽然有几只黑雀振翅飞过，搅乱了洞口的阳光，神目之主深吸一口气，将前尘往事娓娓道来。

老者乃是神目会的前代掌门，人称“何先生”。上古贤者创立神目会本意是守护神目异能，以免被奸人滥用，但时光流转，世代更迭，神目会中渐渐出现一批为一己私欲使用异能、欲壑难填之人，并因此引发天灾人祸。明朝万历年间，国力积弱，时任掌门企图利用神目异能吞并九州、改朝换代，不料神目失控，酿成“天启大爆炸”的惨剧，神目也在爆炸中四分五裂，不知所踪。

经此一事，神目会元气大伤，自此历代掌门均以寻回神目为己任。转眼又是数百年，到何先生这一代，他苦苦寻找大半辈子，从年富力强到垂垂老矣，神目基本复原，可唯独最重要的核心依然不见踪影。

已近耄耋之年的何先生有心培养下一代掌门，本是会中护卫的倪坤因机敏过人、处事果决而崭露头角，受到赏识，被何先生收为入室弟子。得势后，倪坤在会中渐渐培养了自己的势力，开始变得凶狠残暴，不择手段。何先生察觉到倪坤的本性后本要制止，没想到倪坤抢先发难。一夜之间，会内元老遭到整肃清洗，何先生从此被囚禁在这个石窟之中。

冯澍听到此处，心中也明白了：那个给自己“神目之主”暗示的人，应该就是何先生的残部。可冯澍本以为神目之主应该是与倪坤不分伯仲的强悍势力，没想到却只是隔壁的狱友，不禁有些泄气地说：“我们现在这样，能怎么报仇呢？”

何老缓缓道：“神目会绵延千年，几经沉浮，亦曾遭过奸宄遍地、豺狼满道之祸。为防怀奸之徒，先祖尝留秘术，可以召回异能，重掌神目。此乃会中不传之秘，唯掌门弥留时方可下传。”

一听到有秘术，冯澍打起了精神。

说到此处，何先生加快了语速：“凡神目之主，生命已与神目合一，传式仅可断，不可竭，可在引导下与神目重建联系，再获神通。此引今在汝左右，手覆于上，屏去邪念，自会功成。”

“就在我身边？难道……”冯澍打量着空空如也的牢房，目光落在父母的晶体像时，心不由得一沉。

“正是。”何老低低咳嗽几声，语气有些感慨，“倪贼以苦君，将汝与双亲遗体置于一室，岂知聪明反被聪明误。汝今正可借晶像发动秘术，正可谓天道轮回。”

深山里，石牢内，冯澍看到了曙光，但要抓住这道光，还需要面对自己内心最大的伤痛。他俯身握住父母的手，冰冷的感觉从指间传来，泪水再次充满眼眶。冯澍突然想起，已经很多年没有这样牵过父母的手了。

见冯澍没有回应，何老厉声大喝：“少年人，汝不自顾，亦当为天下苍生！莫再踌躇，此黑牢中遍布倪贼眼线，你我所言，顷刻便至倪贼耳中，若不早断，此后一望，则断送于此石上！”

觉　醒

听到这话，冯澍心里的怒火熊熊燃烧起来，这是生命的火焰，也是复仇的火焰。他将所有心力集于掌心，握紧了“父母”的手，晶像绽放出刺眼的红光，接着化作无数细沙。

“冯澍？冯澍？”

不知过了多久，冯澍在何先生焦急的呼唤声中醒来，抹了把脸，摸到满脸泪水。他感觉自己做了一场梦，梦中的自己化身为一名农家男孩，家中有父母弟妹，日子虽然清贫，但平静和睦地生活在一个小山村中。一天男孩偶遇一名逃犯，一念之间放走了逃犯却因此导致全家人横死。梦的最后，男孩的自责、愧疚和悔恨令冯澍感同身受，不禁流下眼泪。不等冯澍细思其中缘由，隔壁的何先生继续急切地问道：

“事情如何？”

“我……也不知道。”冯澍只觉得右手腕处隐隐发寒，不知何时，手腕上多出一只流转着莹莹蓝光的晶体手环。他举目四望，父母的雕像都已消失不见，“雕像不见了，还多出一只手环。”

“天不负我……”何先生一声感慨，声音突然大了许多，意气风发道，“依老夫之见，秘术已成，实天下苍生之大幸。此手环便是汝与神目联通的信物，可凭此物施神目全能。”

“全能？难道神目异能不止一种？”

“然也！”何老的语速很快，“汝先祖虽得神目核心，但不得全体，故仅得异能其一。神目典籍载：神目之力共有四式。一曰列缺，缩地千里，朝入秦暮至楚，有顷刻穿越两地之神通；二曰易形，雕冰画脂，裁月镂云，可转万物之形姿；三曰离质，点石成金，更水为火，能易天下目光所及之物；四曰鸾回，通晓因果，独占天机，乃汝之祖传异能。”

冯澍闻言暗暗吃惊，原来从前观物的异能叫作“鸾回”，只是没想到神目还有另外三种异能。不过转念一想，作为盘古博士的巅峰发明，如果神目只有“鸾回”这一种能力，虽然已属奇技，仍然难称“改天换地”。如今得知神目有四种神通，倒是名副其实了。

“但是，”何先生语气一沉，“神目以生命驱动，神目之主可以借神目吸取他人生命，而秘术仅能恢复异能，不能代替神目本体，故须以使用者自身的生命作为能源。从此以后，每用一次异能，汝之身体就会有一部分变成晶体，直到油尽灯枯，所以务必早日诛杀伲贼，重夺神目，方可化解，切记切记。”

天下没有白吃的午餐，使用异能自然需要等价交换。听何先生这么说，冯澍怔怔地看着手腕上的镯子，心里想起变成晶像的父母：他们经受的，也是这种痛苦吗？

“汝之不幸，却是苍生之幸啊……”何老的语气感慨起来，“百尺石窟之坚，难困英雄，汝乃天选救世之人，放手去吧！”

何先生话音未落，石窟一侧的墙壁发出“轰隆隆”的巨响，突然三名黑衣彪形大汉踢开牢门，鱼贯而入，其中一个留着络腮胡的黑衣人手持一把半自动手枪，未发一言，锁定冯澍抬手便射，子弹在枪膛中急速旋转，伴随着燃烧的火舌射出枪口。

面对突如其来的致命危机，冯澍下意识地闭上眼，从小到大各种场景像走马灯一般在他脑海中浮现。他想起父母，想起学校，想起表哥徐甫，想起对倪坤的仇恨……一股强烈的求生意志如溃堤的洪水涌出，冯澍只觉得浑身火烧火燎般热，右腕上的手环华光一闪，他猛地睁开眼，发现枪口喷射出的硝烟凝结在枪口，子弹也悬停在半空。仿佛刹那间，世界被一滴琥珀包裹起来，一切全部静止了。更为神奇的是，子弹的轨迹像是慢动作般显现在冯澍眼中，不仅是子弹，三名壮汉的下一步动作也清晰可见。

但危机仍未解除，冯澍能看见子弹的轨迹直指自己额心，想躲开，却发现在这个状态下，自己一动也不能动。照何先生所说，这大概就是完全版神目异能的功效，但不得要领的冯澍不明白，难道这异能就是要自己这样慢慢等死？情急之下，右腕手环又是一闪，满目蓝光闪烁，冯澍只觉天旋地转，从半空中

直坠下去，似乎是落在了一个人身上。紧接着，震耳欲聋的枪声猛地爆发出来，震得他耳朵嗡嗡作响。

他迅速翻身，撑地坐起，又见一个男人手执武士刀迎面砍来。冯澍来不及闪躲，举起双臂挡在面前，只听得一声脆响，斜刺里猛然支出一根石笋，挡住来势汹汹的刀。冯澍顺势狠狠踹在对方胯下，男人闷哼一声蜷缩在地。

另一名黑衣人见此情形一时不敢上前。冯澍定了定神，这才发现自己右腕处沉甸甸的手环化作一只晶体手甲，将右臂包裹。

冯澍豁然开朗，紧要关头，自己先是不知不觉发动鸾回，因此看清子弹轨迹，随之用出列缺，无意间瞬间移动到了枪手头顶，躲开子弹砸晕枪手，最后以易形改变石窟结构，拦住武士刀。由此种种，看来的确如何老所言，自己已与神目重建联系，得到了所有异能。

不等冯澍细想，又有几个人闯入，拉开架势杀将过来。冯澍再次发动列缺，闪到一个瘦高个背后。瘦高个明显训练有素，回身的同时手肘击向冯澍胸口。冯澍忙蹲身，护腕拦在胸前，倏忽之间又闪到另一个黑衣人身后。几个回合周旋下来，冯澍如同魅影般四处游走，越发游刃有余，而黑衣人明显失了方寸，晕头转向，拳脚乱飞。冯澍看准机会，发动易形，顿时数只石笋破壁而出，将几个黑衣人卡在墙壁上动弹不得。看着几个被制服的黑衣人，冯澍收势，傲然而立，颇有些兴奋。

“封住牢门！”可惜何老的提醒晚了一步，又有数名黑衣人涌入狭小的囚室，轰鸣乍起，枪械齐发，子弹如一张索命巨网将冯澍逼至悬崖边缘。冯澍施展列缺躲过子弹，连续使用异能的他突然感到一阵眩晕，一名打手瞅准时机一棍扫来，冯澍向后撤步，一脚踩空，失去平衡坠向无底深渊。

番 薯

狭窄的房间里，光线昏暗，门口摞着几张塑料凳，地上的快餐盒和塑料袋将房间塞得满满当当，隐隐泛着股馊味。在漆皮掉了一半的三合板衣柜和一张折叠桌旁，紧巴巴地摆着一张单人床。

床上躺着一个人，一个遍体鳞伤的人。

木门“吱吱嘎嘎”摇晃着打开道缝，一个头戴瓜皮帽，宽大的外套耷拉到膝盖的瘦小男人走进屋里，面色凝重地来到床前，伸手向伤者探去。

突然，床上的人一掌推开小个子男人的手，猛地翻身跃起，一个踉跄撞到衣柜，重重倒在地上。柜门被顺势带开，里面乱七八糟的杂物倾倒下来，叮咣乱响扬起一片灰尘。

瘦小的男人见状一愣，张口说道：“哎哟，哥们儿！你咋跑地上去了？”

昏暗的房间内，一束光线正好照在地上的伤者脸上，此人竟是冯澍！他一脸的疑惑和警惕，显然完全不知道为什么自己会在这里。

小个子男人没有在意，关上门，拉开灯，嘴里絮叨：“醒了就好，都是些跌打伤。绷带是我胡乱包的，你别嫌难看。”

坐在地上的冯澍根本没细听这个人说了什么，感觉此人似乎没有恶意，而且还觉得有些眼熟，蹙眉问道：“你是？”

“我？你想不起来也正常，咱们就见过一面。”说完不经意地看了眼旁边的地面。冯澍顺着青年的目光看过去，顿时恍然，只见大大小小七八个香炉散落在地上，底款都是“宣德年制”四字。

“你是那个卖假，呃不——”

“对啦，就是我。”

一时失言让冯澍感到十分尴尬。

“没事儿，人在江湖嘛。”青年豁达地哈哈一笑，“一回生两回熟，不打不相识。”

“咳，这是哪儿？我怎么过来的？你有没有看见什么人？”冯澍放下戒心，顿时连珠炮似的说出了自己心中的疑问。

“别着急，先上床歇着。”青年把冯澍扶到床上，自己坐在床边，从暖壶里倒了杯水递给冯澍，这才讲起事情的来龙去脉。

他是个孤儿，十几岁跑出来讨生活，人长得瘦小又没文化，找不到正经事，所以只要能生存下去什么活儿都干。上回他因为在潘爷的威逼下在街头卖假古董被冯澍识破，被主谋潘爷迁怒，无奈只好去郊区避避风头。一天，他正在闲逛，忽然乡间小路上十几辆黑色路虎飞驰而来，卷起一阵沙尘，于是连忙躲避，顺着堤岸来到河边。前几天刚下过雨，河水涨满河道，湍流不息。他也正好内急，就想顺便“方便”一下，此时忽见一人在水里浮浮沉沉漂过来，赶忙下河查看，就此阴错阳差救了冯澍一命。

冯澍怎么也想不到，自己的救命恩人竟然是曾被自己揭穿骗局的街头骗子！心中一时五味杂陈。

但此时冯澍无暇多顾，还有更紧急的事需要处理。他探身拉过青年的胳膊：“我要报警！你有电话吗？或者带我去警察局也行。”

听到“报警”二字，青年面露难色，支吾起来，最后吞吞吐吐地说道：“你还是别去了……”

“怎么？”

“你表哥，就那个叫徐甫的，说你吸毒贩毒，又杀害父母畏罪潜逃，还放出通缉令说悬赏三十万抓你归案。黑白两道都有人给他撑腰，你去就是找死。”

居然又是徐甫！冯澍气得一拳捶在床上。

“欸欸欸，哥们儿，冷静，这家伙现在势力大得很，我看你啊，就在我这里安安稳稳养病，千万别出门。”

冯澍听着，忽然心中一凛：“你救我难道是为了……”

“不是不是，我虽然没上过学，但好人坏人拎得清。”青年连忙否认，又有些不好意思地说道：“实话说，上回在街上我本来想打你，但我被潘爷打时，你居然站出来帮我……从小到大第一次有人帮我出头，把我当个人看，那时我就知道你是个好人，绝对干不出那样的事儿！再说，徐甫虽然人模狗样，但背地里就是那一片的土皇帝，我们这种人都得向他‘上供’才能在街上讨口饭吃。”

青年言辞恳切，让冯澍悬起的一颗心稍微放下一些。但提到徐甫，他的神色再次凝重起来。“好兄弟”徐甫、“土皇帝”徐甫和“背叛者”徐甫，几种面貌交织在一起，让人感叹其城府之深。在命运的大潮前，情同手足的反目成仇，曾经鄙弃的却伸出援手。

“你接着休息吧，我出去买点儿吃的。”青年见冯澍的身体已无大碍，也放了心。

冯澍看青年转身要走，连忙又问道：“谢谢你，说了这么多，都还不知道你的名字呢。”

“谢什么啊。”青年腼腆一笑回答，“我啊，叫番薯。”

立冬日，傍晚，一辆三轮车慢悠悠地拐进胡同口，车身“叮叮咚咚”的响声与车上小音箱里播放的《常回家看看》听起来竟然十分和谐。胡同里，家家都亮着灯火，飘着炊烟，炒菜声、说笑声、孩子的哭声和狗吠声让整个胡同都那么热闹而温暖。

“常回家看看，回家看看……”

三轮车上，一个穿破棉袄的青年对戴军绿护耳帽、正骑三轮车的矮个子说道：“这也太俗了，咱换一个行吗？”

两人正是冯澍和番薯。

“换什么呀换，这音响是我收来的，键都坏了，只能放，不能换。”

番薯说着吊起嗓子：“收废品嘞，高价回收，塑料瓶旧报纸，彩电冰箱洗衣机……”

冯澍的身体恢复得很快，每天跟着番薯一起收废品，勉勉强强过了半个月。番薯租住在市郊的大杂院里，这里虽然条件艰苦，但好在信息闭塞，大伙儿又忙于生计，无暇琢磨别人的事，正好为冯澍隐藏身份提供了便利。

可惜身上的疼过去了，心里的痛却难消。虽然每天跟着番薯四处忙碌，可一到晚上，冯澍就会不由自主思念起父母，内疚、孤独、绝望、痛苦种种负面情绪交织堆叠，翻腾不绝。辗转反侧难以入眠的夜里，冯澍索性伴着月色，琢磨起何先生传授的“神目四式”来。

列缺，缩地千里，朝入秦暮至楚。这能力即是瞬间移动，在牢中冯澍就是无意间用出列缺移动到枪手头顶，躲开子弹砸晕枪手。移动的范围取决于冯澍的视野，不过当配合鸾回使用时，也可以移动到视线不可及的地方，同时移动的距离越远，消耗的能量越大。

易形，雕冰画脂，裁月镂云。发动时可以随心所欲地改变周围物体的形状，拦住劈向冯澍的武士刀的石笋即由此而来，能量消耗取决于要改变物体的大小和改变的精细程度。

离质，点石成金，更水为火。易形是改变形状，离质则是改变物体的材质，可以变水为火，变木为铁，前后材质的差异决定了能量消耗的多寡。

鸾回，通晓因果，独占天机。冯澍认为其本质是让使用者感受到操纵世间万物运作的因果律。因果律是所有事物之间最直接、最重要的关系，正所谓“物有本末，事有终始”，小到一粒微尘，大到宇宙星体的运动都是一连串因果序列的一环，世上任何一种现象或事物都必然有其原因。鸾回异能即是将使用者周边的因果律信息具象化。鸾回是四式中的核心，可惜这个异能也有缺点，它能看到因果，但不能改变因果，就好像在狱中，冯澍虽然看到子弹的轨迹，身体却无法动弹，借助列缺异能才躲过一劫。

冯澍曾经读到过一句话："魔法是一种没有得到证实的科学。"虽然神目异能看似匪夷所思，但根据在晶体异象中看到的盘古博士展示神目时的情景推断，神目应该也是当时文明的科学成果。人类现有的理论中，认为在高维度改变物体内部超弦的振动模式可以改变现实的超弦理论可能是唯一与盘古博士的大一统理论类似的科学理论。但超弦理论离实践还有十万八千里，神目文明的科技水平显然远超现在的人类文明。

领会原理后，冯澍用身边的杂物起手试招，不过几天就将四式融会贯通，招随心舞，心随意动，出招行云流水，灵巧有致。鸾回一目千里；列缺如追风逐电，迅疾无比；离质易形变化恍似无穷无尽，渐入忘我之境。

但是使用异能要用自己的生命作为能源，何先生的警告一直萦绕在冯澍的耳边，在石窟中使用的几次再加上这段时间的研习，已经让冯澍部分身体泛起点点晶块。

平静的日子总是短暂的。

转眼已过月余，傍晚，番薯和冯澍说说笑笑骑着板车拐进院子，只见邻里几个都聚在卖早点的张大妈的棚子里，每人捧着一只肉包子有滋有味地吃着。张大妈坐在中间，满脸堆笑，直说"好日子来喽"。

"什么事儿啊，这么热闹？"冯澍和番薯走过去，还没坐下就被张大妈一人塞了一个大肉包子："吃吧，今儿个我高兴，不要你们钱。"

"哟，您这是找着老伴儿啦？"番薯挤挤眼睛。

"呸，用不着你这浑小子操心。"王大妈啐了一口，"不过跟找到老伴儿也差不多。今天砰砰集团的人通知我，健康小镇二期抽签，我被抽中啦！这几天收拾东西就走。"

干零工的大强囫囵吞下最后一口包子，抢着说："就是广播里说的那个大健康计划？听说不要钱，那条件老好了，两人一个房间，一天三顿饭，身上有什么病都给你治好，比领导干部的待遇都好，能进去的人都是祖坟冒青烟的福气！"

番薯不以为意："就指望天上掉馅饼了，我可不信有这好事。"

其他人也开始议论。

"是啊，怕是传销吧？"

"不可能，砰砰科技的老总亲自宣布的。"

"有这好事？明天我也去报名！"

听到砰砰科技，冯澍嘴里喷香的包子突然没了味道，往事涌上心头，眼前发黑，重心不稳，“咕咚”一声从板凳上歪倒在地。众人赶忙搀扶着将冯澍送回房间，又嘱咐几句才散去，只留下番薯在一旁照料。

见冯澍神色逐渐好转，番薯小心翼翼地问道：“大澍，他们说的那个是不是就是害你们一家的砰砰集团？”

之前为了保护番薯不至于牵扯太深，冯澍只告诉他砰砰集团董事长倪坤是为强抢冯家祖传古董，所以加害于他。如今看到神目会已经将魔爪伸向自己身边，他决定不再隐瞒，将之前的经历原原本本和盘托出。番薯起初不信，冯澍不得已，捡起床头的一只旧牙刷，将其变成一只可爱的木雕松鼠，递给番薯。

“我去！早认识你，我还铸什么模，做什么旧啊！”看到异能的番薯快把眼珠子瞪出来了，接着忍不住站起身挥拳往桌上一砸，“你有这本事还怕打不过倪坤？”

“胳膊拧不过大腿。”冯澍摇摇头，苦笑道，“当务之急在于，大健康计划说是公益，很可能与神目有关，参加的人凶多吉少。”

“我这就跟大伙儿说去！”番薯义愤填膺，抬腿就要往外走。

冯澍赶忙拉住番薯，眉头紧蹙。他心中乱成一团麻。许是这一个多月的平静日子过习惯了，对倪坤的恨他虽然没忘记，但对残酷现实的敬畏，却让他更想躲避。

“空口无凭，我明天找王大妈说说吧，你别管了。”不知该如何是好的冯澍最终只得如此敷衍道。

一夜无话。

第二天一早，番薯留在大院里，把近几天收来的废品清点分类。冯澍不愿闲着，骑着三轮车转了一天，直到夜幕降临，才载着一车纸板塑料瓶回到大院。

冯澍擦擦额头上的汗走进院门，却发现往常早就坐在院中东拉西扯的大伙儿都不见踪影，院中几间平房都关着灯，大门紧锁。在院中寻找几圈，只在地上找到一顶眼熟的护耳帽，正是番薯平时戴的帽子。冯澍捧起帽子，闭上双目、沉入心神——鸾回发动。

冯澍脑海中首先出现的是一个意想不到的人——徐甫。只见他穿着黑色夹克，几名随行人员前呼后拥，煞是风光。这时番薯突然出现，在人群中间挥舞着双臂大喊大叫。徐甫一个眼神，几个黑衣男人围上来摁倒番薯。番薯被摁在地上，却仍旧挣扎个不停，口中大骂不止。徐甫见状遗憾地摇摇头，招呼之前被选上的王大妈等人上车，又示意黑衣人放开番薯。

番薯连忙爬起来又阻止众人，这时，邻居大强猛地从人群中冲出来，和几个邻居一起三拳两脚将番薯揍倒。徐甫见此情形喜上眉梢，大手一挥，跟众人

说了些什么，紧接着大家伙儿抬着番薯都陆陆续续跟着上了路边的大巴车，院里只留下了番薯的那顶军绿色护耳帽。

鸾回结束，冯澍颓然坐在地上，心中充满疑问，徐甫为什么在此出现？平时和睦的邻居们为什么对番薯大打出手？大家都去了哪里？

“呦，你怎么才回来啊？错过好事啦！”一个女声从冯澍身后传来，转头一看，是开小卖部的贾姐。

“大家人呢？”

“今天那个大健康计划的人来了，带头的说增加了名额，咱们大院的都可以去免费体验，唉，要不是守着个铺子，我也跟着享福去啦。”

“番薯呢？”

“番薯？”贾姐换了副口气，“他呀，不知哪根筋搭错了，非拦着不让大伙儿去，还神啊怪啊胡说一气，这么好的事差点儿被他搅黄了，被大强他们几个一通胖揍。好在领头的那个懂事理、不计较，还把番薯抬走说一块儿治。啧！你也是运气不好，等下次吧。”说完，贾姐晃着身子走了。

冯澍茫然四顾，平日里温暖喧闹的大院如今成了冷冰冰、空荡荡的寂静之地，几个月间，数度沉浮，最后他还是一无所有。冯澍想不通也参不透，万物背后总有一股被人称作命运的大潮，这是比神目能触及的因果律层次更深远的规律，连制造出神目的文明也受它掌控。他想起了父母、番薯、大院里的邻居、徐甫、倪坤、何先生，他们都是这股浪潮中的一道浪花。那么，冯澍自己呢？

夕阳西下，满目血色渐渐褪去，一轮皓月将银辉倾洒在冯澍身上。他抬头，忽然惊讶于自己似乎从未如此仔细地凝视过每天都注定升起又落下的月亮。其实岂止月亮，那些所谓的“日常”不也是如此？当“日常”被打碎时，人们才会发现他们认为无比熟悉、自然而然的事物居然如此陌生。在一种惯性下，我们不断接受所谓的“命运”为我们提供的角色和剧情，宁愿沉沦也不再思考另一种可能，因为对抗命运将注定走向一条艰难和痛苦之路。冯澍过去的生活就是如此，只是一味地接受命运的安排，自感难以抗拒，还想要用妥协和逃避换取苟延残喘，不去和命运的风暴抗争，结果只能是不断地退让和失去。

命运逼着冯澍走到这一刻，似乎再也没有什么可以避让、失去了，唯有抗争，才能打破蛋壳，争得一席之地。终于，他站起身，迎着迷离的月光，心中打定主意：下一站！砰砰健康小镇！

健康小镇

数十座欧式别墅静静地矗立在夜色中，暖黄色的灯光从窗户中透出，映照在观景湖的波澜里，模糊成一片散碎的星光。即将冬至，路边菊花清寒傲雪，自成一景。

两名穿警卫制服的人顺着小路走来，步态慵懒，呵着白气，边走边聊着天。

“这几天忙死了。”

“可不咋的，祠堂下午又来一批，哎呀妈呀吵吵闹闹没见过世面的样子，可不像徐总体面人儿，尤其在社会这方方面面的，老崇拜了！”

“别‘徐总徐总’的，他才入会几天，嘴上毛都没长齐呢！也不知道怎么就提拔他了。”

“你别整这没用的，有本事你也让倪总瞅瞅啊，反正我脚得（觉得）徐总不简单呐，人家在社会这方方面面的……”

“就你懂。”

两个警卫逐渐走远，他们身后，路边一座别墅的大门突然扭曲变形，黄铜把手、门扇雕花与镀金门牌如橡皮泥般向四面拉开，露出一个一人多高的洞，一个灵活的身影如同狸猫般一闪而过，机警地左右查看，也没见有什么动作，便消失在门内，刹那间，那扇大门已合拢起来，恢复原样，仿佛什么都没有发生过。

这黑影自然是冯澍。

他来到砰砰小镇已有三天。刚来的时候，若不是深知倪坤的所作所为，冯澍简直要误以为这个温馨漂亮的地方真是个疗养胜地。

在前两天的秘密侦察中，冯澍发现了许多疑点：这里占地面积巨大，居住区、疗养区和众多休闲设施样样不缺，但是每天满载而归的大巴川流不息，好像永远喂不满这座小镇。更可疑的是，一到傍晚，整个小镇就变得冷冷清清，曲径通幽的小道上走的不是散步消食的居民，反而是全副武装的警卫，再加上无处不在的摄像头和感应器，夜晚的健康小镇全然没有了白天的温馨景象，反而像是个军事基地。住客刚来时会被分配住房，接着就被以各种理由调换，与熟人分离，几经流转，最后不知所踪，接着又会运来一批新人填满前人的空缺，如此往复。另外，冯澍从警卫口中探听到很多人最终被送往一个名为“祠堂”的地方。通过几日来对人员流动和区内建筑的一一排查，“祠堂”可能的位置逐渐被锁定在小镇建筑群中央。

冯澍潜入别墅，悄无声息地四下查看：从外面看灯火通明的房间实际空空如也。各项设施齐备，但丝毫没有人生活的痕迹。

冯澍一路轻手轻脚穿过别墅，从后门避开警卫，直奔小镇中央。夜色中，他好似一个无声的幽灵，在建筑间闪转腾挪。不久，一面两三层楼高、一眼望不见边的灰色水泥墙挡住了他的去路。按距离测算，这里就是小镇中央。看着这堵突兀的高墙，冯澍预感到，自己离神目会大健康计划的真相越来越近。

墙面如同融化般无声打开一个洞口，洞内漆黑一片，仿佛一张等待猎物的巨口。冯澍深吸一口气，欠身闪入。

映入他眼帘的，是另一个世界。

地面杂草丛生，细碎的淡蓝色光芒在空中飞

旋，隐隐约约映照出几个低矮的屋脊。漫天乌云裂开一道缝隙，月光照在凌乱的青瓦与斑驳剥落的黄土墙壁上。这里似乎是一个废弃的村落，冯澍怎么都没想到，在现代化的住宅和富丽的花园别墅间，竟然用高墙隐藏着这么一处遗迹。

几日来，救人心切的冯澍顾不上休息，又连续使用异能，忽然感到一阵眩晕，踉跄几步，下意识伸手想扶住身子，却不知碰倒了什么东西，只听得“噼啪”一声玻璃破裂的脆响。冯澍慌得低头去看，脚下一片猩红色的晶体碎片，分外熟悉。

这是……神目留下的晶体！

抬头再瞧，云聚云散之间，惨白的月光短暂地照亮了村庄，交错的村中小路上挤满了无数面目狰狞的血色晶体雕像，男女老幼姿势各不相同，但脸上的挣扎、恐惧与不甘却一模一样。

一道光柱从远处射来，冯澍猛地意识到大事不妙，刚刚那一声响动怕是触发了警报系统。他赶忙发动列缺遁走，蓦听得晶体踩碎的声音此起彼伏。转头回看，几名拿着手电的警卫已经循着灯光赶到，正在四下查看。

晶体人像的出现进一步印证了冯澍心中的担心，番薯他们可能已经凶多吉少……他不由得加快了脚步，顺着小路往高处走去，终于得见村子的全貌。远处一堵连绵的高墙将健康小镇的灯火隔绝在外。这让冯澍想起纪录片中第二次世界大战时期纳粹集中营的高墙。隔绝的不仅是内与外，也是死与生。墙内，月光下，依稀可辨村中道路和房屋的轮廓，在一片夜色中，有处院落亮着灯光，格外显眼。

莫非这就是关押大院邻居的祠堂？冯澍心下一喜，连忙向着祠堂摸索过去，不知怎的，他越走越觉得熟悉，这村中的房屋道路自己似乎见过，好像以前来过一样。正想着，一不留神，脚下不知被什么东西绊了一跤。低头看，原来是一块断碑，花纹已磨损得不成样子，只有“双碑村”三个字还勉强认得出来，

断碑残破清冷，黑暗中犹如一段挥之不去的咒语。

双碑村？这不是最初发现晶体的村子吗？冯澍又隐约的记起在狱中的奇怪梦境里，那个因为一念之差害死自己家人的男孩住的村子也是叫“双碑村”。难道梦里发生的事情都是真的？

冯澍抬起头，四下环顾，道路两旁的院落大致完好，唯独一处空落落的，走近一看，发现这好似爆炸产生的坑洞，周围都是焦黑的残垣断壁，瓦块碎石上没有任何杂草。恍惚之间，冯澍竟有些分不清梦境与现实，似乎冥冥之中，梦中那个男孩正立在自己身后，用空洞的眼神看着这一切。

冯澍的额角渗出一丝冷汗，他慢慢转过身，入眼的却只有一片荒寂和不远处的一点孤灯。

“珍达姐，您要的人凑够数儿了，欸，都是我应该的。劳您大驾，在方便的时候和倪总提一嘴啊，哈哈哈。那个，现在这边的事也差不多了，我等着早点回总部给您打下手呢，您看什么时候……”

电话另一边已经挂断，传来阵阵忙音。徐甫放下电话，脸上的笑意退去，显现出淡漠、阴沉的神色，向后一仰，靠在宽大的椅背上。坐在宽大的办公室里的徐甫看上去春风得意，但这远远满足不了他的野心。

砰砰健康小镇名义上为有生活困难的民众提供免费医疗服务，实际是为神目提供能量的生祭场。入住健康小镇的资格表面上通过抽签选定，其实神目会会专门选择那些生活困顿并且社会关系稀薄的流动人口，因为这些人无力在大众面前发声，即使短期内失联也不会有人发现。

徐甫被派到健康小镇坐镇，看似是重用，实则是发配。他现在的顶头上司是倪坤的贴身秘书珍达，这个女人能力极强，做事滴水不漏，颇受倪坤重用，是神目会现在的二号人物，牢牢承接着倪坤指缝中流出来的权力。她也成了徐甫野心的天花板，想要飞上天，却被房顶挡着，飞黄腾达只剩空谈。

徐甫从衣兜里摸出个精致的小银匣子，拉开匣盖，拿出一支雪茄点燃，皱着眉头狠狠吸了一口。自从他见过一次倪坤吸雪茄的样子后，就再也看不上香烟，转而开始吸起雪茄来。他每次徐徐吐出烟雾，就感觉自己成了上流社会中的一员，无论有多少不快都能一扫而空。

听说倪坤当年和自己一样，不过是神目会中的无名小卒，后来找到机会推翻上任老掌门，才取而代之，成为新掌门。多好的榜样啊，这才叫“逆天改命”。若是我徐甫也找到这么一个机会……说到机会，他还要感激自己的表弟一家。以冯澍一家作为敲门砖，徐甫才能坐在现在的位置上，虽然他现在拥有的还远远达不到他期望的那么多，但至少拥有了一个良好的开始，而良好的开始，就是成功的一半。

徐甫将嘴巴努成O形，轻轻用舌头一弹，吐出一个圆润的烟圈。

突然，刺耳的警报声划破天空，惊得徐甫差点儿从椅子上滑落。接着，案头的对讲机传来下属的汇报：“徐总，祠堂发生骚乱，请求支援！”

徐甫赶忙抓起对讲机，调整频道，按住发话键道：“一二三队，全员战斗准备，到祠堂门口集合！”

徐甫整了整衣领，捋了捋头发。骚乱？这可真是一举多得的好事！其一，小镇警卫队成员都是神目会的精锐，个个训练有素，装备精良，平息骚乱自然是小菜一碟，等事件平息后作为指挥的自己自然是大功一件；其二，镇压下这波骚乱，可以威慑被关押的其他人员；其三，自己平步青云，底下自然有人不服，正好可以借这次平乱展示自己的铁腕形象。所以这次一定要强硬，要见血，权力和地位之花要用鲜血浇灌。

很快，徐甫乘着座驾从容地来到祠堂门口，三十个警卫全副武装、目光如炬地看向他。

“汇报情况！”

“报告！巡夜警卫在祠堂发现异常，紧急进入后遭遇突袭，敌方释放了所有尚有行动能力的人，我方夜巡队正在与敌方战斗。报告完毕，请指示！”

“一队采用楔形队形正面突破！”

“是！”

“二队打开缺口，分隔闹事人员，

向前压制！”

“是！”

“三队紧跟二队突入，‘儿’字分割队形隔离人群！”

“是！”

“全体注意！我们的敌人是凶残的暴徒，我们要不计一切代价守护健康小镇的秩序，守护倪总对我们的信任，守护神目会的未来！”

“是！”

“全体出发！”

战术布置和战前动员完毕，各小队迅速从正门鱼贯而入，徐甫气定神闲地随后进入，正准备观察情况，面前突然倏忽闪过几道黑影，径直向他砸来。

黑影落地翻滚，正是刚进去的几个警卫。徐甫被撞翻在地，龇牙咧嘴地爬起来，灰头土脸，嘴里骂骂咧咧：“废物，看着点儿！”

抬眼看去，烧焦的废墟之上，散落的荧光之间，一个矫健灵动的身影在半空腾挪闪转，轻盈得好似一片羽毛。按理说，神目会的精锐都是万里挑一的神枪手，但即使这些训练有素的战士组成毫无死角的密集火力网也无法捕捉到这人的身影。更不可思议的是，周围的石块、立柱甚至墙壁都像有了生命一般变换着形状，化作利器攻向警卫，脚下的土地也变得如同流沙一般择人欲噬。在所有人都乱了章法的攻击中，这个鬼魅般的身影好像在指挥一首战歌，而他又是战歌中最嘹亮的音符。

警卫队溃不成军大大出乎徐甫的预料，他几乎不敢相信自己的眼睛，但面前歪七倒八的警卫和不绝于耳的惨叫声告诉他，这一切都在真真切切地发生。

徐甫摸向腰间的配枪，但不自主颤抖的右手怎么也打不开枪套。还未来得及有什么动作，那个人影突然转向他，紧接着一跃而起。

荧光如烟花般炸开，所到之处，都是狂风呼啸，飞沙走石。警卫们手中的枪支纷纷化为齑粉，大院里的人们挥舞着棍棒，怒吼着冲上来，与这些骤失武器还没有反应过来的警卫战成一团。

“烟幕弹！掩护！”情急之下，徐甫慌忙指挥道。

漫天白雾炸开，但分毫没有影响到人影半分，眨眼之间已然来到徐甫面前，神威凛凛。看到入侵者的样貌，徐甫瞬间由惊而惧，由惧而怖，全身不可抑制地哆嗦起来。

“好久不见啊，表哥。”冯澍双目浮现蓝色战纹，双手覆盖晶体战甲，电光闪烁，浮在空中如同天神下凡一般。

时间倒回一个小时前，冯澍顺着灯光摸索过来，他发现这里果然就是“祠堂”——很多从全国各地招募过来的人就被囚禁在此。

冯澍用异能轻松打倒看守，打开牢门，焦急地在人群中寻找番薯，只希望一切都还不算太晚。突然，冯澍感觉背后被人轻拍了一下，转身一看，番薯和邻居们正欣喜地看着他，朋友们终于得以团聚，冯澍感到莫大的宽慰，在自己的努力下，大家的命运开始一点点地扭转。

解救行动不可避免地触发了警报，引来大批警卫，冯澍别无选择，只得发动异能，一边保护大家，一边与警卫战斗。战意正酣时，一个熟悉的身影出现在敌阵之中，冯澍发动列缺，来到这个他曾经无比信任的人面前。

仇家见面分外眼红，见到徐甫，仇恨与痛惜在冯澍眼底翻搅，生生逼红了眼眶，他在心中暗暗发誓，无论徐甫今天如何为自己的背叛辩解，自己绝对不会放过这个卑鄙小人。

认出冯澍后，徐甫的身躯微微一震。他没有转身就逃，也没有叫手下支援，而是双手缓缓举到头顶，诚恳道：“大澍，你杀了我吧，为大姨和姨夫报仇。”

突如其来的认罪让冯澍有些不知所措，徐甫却还在自顾自地说着：“自从那天以后，我没有一天不活在悔恨中，恨自己为什么要招惹倪坤，更恨自己因为嫉妒和名利一时糊涂害了你们。我对不起大姨和姨夫，对不起你……”

徐甫已然哽咽。他上前一步，抓住冯澍的手，按在自己的胸口，看着冯澍的眼睛说：“我不求你原谅，只想求一个解脱。”

覆盖双臂的晶体战甲随着这一席话缓缓剥落，徐甫的心跳通过手掌，一下下好像打在冯澍心头。冯澍明白那种感觉。在这些日子里，他又何尝不是在悔

恨中寻找解脱。徐甫卖亲求荣固然卑鄙，但追根溯源，冯澍不听父亲告诫，心高气傲，四处张场使用异能也难辞其咎。从小到大两人在一起的回忆涌上冯澍心头，在外面捅娄子后为自己善后的徐甫、惹父亲生气时为自己打圆场的徐甫、认真倾听自己烦恼的徐甫、出卖自己的徐甫、如今在自己面前求死的徐甫，这些都是徐甫，是这个世界上，自己最后的亲人。

长久的沉默之后，冯澍缓缓收回手，说道：“你去自首吧。”

“你放我走？”徐甫惊诧地问。

冯澍别过脸，自言自语般轻声道：“死不是解脱，只是逃避。”说完转身离去。番薯迎面而来，脸上挂着骄傲的微笑，但突然间，这微笑变成了诧异，接着变成了惊恐。

“小心！”

“打！”徐甫的大喝与番薯的呼喊几乎同时

冲入冯澍的耳朵，四面房屋砖墙后潜伏已久的警卫们一同暴起。刚刚还似乎沉浸在悔恨中的徐甫，猛地从腰间掏出手枪，向着冯澍将子弹倾泻而出。

刚才的忏悔不过是他的又一次伪装。如今的表弟岂止是敲门砖，简直就是登天梯，只要除掉眼前的冯澍，徐甫就是神目会最大的功臣，名利禄都唾手可得，这么好的机会他怎能放过。好在冯澍虽然身负异能，但天真轻信的弱点依然没变，一切都按徐甫预想的剧本按部就班。

子弹纷飞、硝烟升腾，冯澍所站的地方沙石迸溅、火星四射。枪声与子弹的源头，是徐甫得意扬扬、志得意满的笑容。但这笑容转瞬即逝，原来扬起的沙尘中根本没有冯澍的身影！

徐甫拔腿就要跑，不料脚下的土地腾起四根石柱，将徐甫紧紧扣在正中。祠堂附近的地面开始液化，像沥青一般裹住四周的警卫们，最终凝结成块。徐甫的最后一着棋被瞬间瓦解。

冯澍看着动弹不得的徐甫，说道：“表哥，我们选择不了起点，但终点，一定是自己选的。”

“大澍，大澍！你听我说，我不是……”不等他说完，石柱再次收紧。伴随着骨骼碎裂声，徐甫被挤得口吐鲜血，晕死过去。

冯澍没有再看徐甫一眼，转身向番薯和邻居们走去。他要带这些人回去，回到那个破旧、贫苦，但人情味十足的大院。

“冯澍！”邻居们也在呼唤着他的名字，但奇怪的是，他们的声音中透着一股焦急、凝重的气息。

冯澍一愣，赶忙上前，只见番薯躺在地上，气若游丝，周围几名邻居慌张地试图捂住他身上的伤口，但鲜血仍顺着指缝流出来，浸透了番薯宽大的外套。张大妈在一旁不断呼唤他的名字：“番薯，挺住啊，你可不能比大妈先走啊！”

冯澍猛地想起，刚刚徐甫的垂死挣扎虽然被冯澍躲过，但那些流弹却击中了冲过来提醒他的番薯。

冯澍最担心的事情终究还是发生了，这个因为自己不经意间的一句关心而涌泉相报的患难之交，如今被自己连累如今奄奄一息。眼看番薯的生命在一分一秒地流失，父母去世时的感觉又在冯澍心中腾起，他情愿用自己的生命去换取番薯的平安。

用生命去换？突然，一个大胆的念头如惊雷般在冯澍脑中闪过——神目异能！异能虽分四式，但四式相辅相成，如将四式融合，加上极其细微的操控，那么将随着使用者的意志创造无限可能。而在此刻，这个可能就是取出番薯体内的子弹，止血疗伤。但冯澍也明白，其中风险极大，而且之前从未尝试过，谁也不敢保证会发生什么。他跪在番薯身侧，看着友人逐渐褪去血色的嘴唇和苍白的面容，明白现在只能放手一搏。

冯澍跪在番薯身侧，屏气凝神，周身爆发出蓝色光焰，双手覆盖在伤口处，缓缓闭上双眼，接着是一阵刺眼的闪光将两人包裹其中。

待光芒散去，大院的人们睁开眼，扑上去查看时，看到的是已经转危为安、呼吸均匀的番薯和一旁筋疲力尽地瘫倒在地，手里捧着一颗子弹的冯澍。

春熙路大战

“古道荒山苦相争，黎民涂炭血绯红，灯罩黄沙天地暗，尘迷星斗……”

说书先生三指夹住醒木，重重落在桌上，“啪！”

“……鬼神惊！”

这位北方来的说书先生字正腔圆，定场诗也讲究，连拍醒木的方式也有别于西南本地评书。茶馆里数十名听众都被那一声醒木吸引了注意力，只有坐在角落里的一个年轻人另有心事，看了眼表，起身将外套的兜帽翻在头上，头也不回地走出茶馆。

百米外的春熙路广场人山人海，冬日暖阳，元旦将至，各路商家张灯结彩，把节日的气氛烘托到了极致。在国际金融中心顶楼的宴会厅里，高朋满座，砰砰科技集团举办的大健康计划 2.0 启动典礼即将开幕，商界精英、达官显贵皆来捧场。

休息室里，倪坤慢条斯理地系上礼服的最后一颗盘扣，抻了抻领口，看向镜中的自己。这件礼服正是神目会掌门的象征。他看着镜中的自己心中默想：“今天以前，倪坤这个名字只是世人眼中成功企业家、慈善家的代名词；但今天，人们会见识到我真正的身份——神目之主；今天以后，我——倪坤将带领人类开启新的文明篇章，重新回到的黄金时代。”

届时，多年夙愿，也将成真。

倪坤闭上双眼，思绪渐渐飘向另一个时空：他走在乡间小路上，路边的一草一木都无比熟悉，伫立在村口的石碑数十年如一日地静候着这位旅人。他加快脚步，几乎是跑着来到一处院落门口，深吸一口气推开院门，阳光戳破常年不散的乌云洒落在院子里，父母和弟妹正从堂屋迎面向他走来。

“倪总，典礼还有五分钟开始。”在外等候的秘书珍达敲了敲门提醒道，同时打断了倪坤的思绪。

整装待发的倪坤转过身，一个七八岁光景的男孩静默地站在他身后，脸上挂着泪痕，脏兮兮的衣服与周围格格不入，手中捧着一块金灿灿的怀表。倪坤目光微微一滞，眼底闪过一丝怜惜，转而收好怀表，对门外的珍达说道：“出发吧。”

宴会厅内，典礼正式开始。在众嘉宾的掌声中，倪坤缓步上场。闪光灯此起彼伏，几台不同机位的摄像机将全方位地向全国直播典礼。

“感谢各位莅临。今天，我们将一起创造历史。你们一定还记得，几个月前，我宣布开启砰砰大健康计划，并且承诺不出一年，在座的各位都将得到百倍、千倍甚至万倍的回报。如今，我已经实现了当初的承诺。各位的银行账户可以证明，大健康计划是行业历史上最伟大、最成功的商业行为！”

台下又是掌声雷动，还伴有阵阵笑声和欢呼声。

“如今，砰砰集团服务全球20亿消费者，帮助几千万中小企业盈利，创造了数亿个就业机会，构建出世界第六大经济体。但是，我们的肩上还有更大的责任。”倪坤话锋一转，“饥荒、疾病和战争这三大恶将会继续伴随着人类社会。虽然大范围的饥荒都被有效地控制，但贫困造成很多人的营养结构不合理的情况依旧没有受到重视。即使是小康人群，过度的热量摄取和不合理的营养结构造成的问题甚至比饥荒更严重。医生们可以在几年内确定某种病毒的结构，并研制出相应的抗体，可是，需要注意的是，抵抗病毒的工具，同时也可以成为制造前所未有的新病毒的工具。当人类战胜自然产生的病毒后，毁灭人类的可能是人类自己制造的病毒。20世纪只有5%的人口死于战争和暴力行为，核武器的出现使得各国都不敢妄谈战争，不过战争的诱因一直潜藏着，一旦时机成熟，战争将会在新的层面展开，人类社会将陷入更严重的混乱。”

倪坤停顿了一会儿，继续说道：

“这些才是大健康计划真正关注的问题，人类物种未来真正渴求的不仅仅是生存，而且是一个全新的层次，那就是成就三大善。第一善，永生！现代科技告诉我们：死亡不是神的命令，而是一系列机体功能的停止。由此，技术问题将会有一个技术的解决方案。现在，很多癌症已经可以治愈，或维持和健康人同样的寿命，这就是一个证明。未来，基因工程、革命性的医疗和纳米技术将

大健康计划2.0
净化世界

进一步解决这个问题。第二善，幸福！幸福其实是一个很难定义的事情，每个人都有自己的标准，不同的宗教和哲学对幸福的解释都不一样，社会学上用国民幸福指数来衡量一个国家或地区的幸福程度。但是无论从哪个角度来说，幸福本质上是人们对现状的一种满足和妥协。不过，人类并不是为幸福而设计的，我们本身充满了各种各样的欲望，只有当我们能够重建我们的心志和本能的时候才能得到终极的幸福，这也是其三，成神！当我们达到这个高度的时候，我们就将摆脱所有的束缚，取得像神一样操控万物的能力！这就是我们大健康计划第二阶段的目标——让我们今天就变成神！”

慷慨激昂的演讲如暴风过境，台下一时鸦雀无声。过了一会儿，窃窃私语的声音如潮水般此起彼伏，在场的商界巨鳄有的笑而不语，有的不以为然。忽然，一串清脆的掌声打破了会场尴尬的气氛。循声望去，一位天庭饱满、颇有些贵相的中年男人满脸堆笑，边鼓掌边走上讲台。这个男人正是国内经济实力仅次于砰砰集团的亿远地产集团董事长林见森。

林见森面对观众，高声道：“倪总这个计划我非常看好，亿远集团愿意领投大健康计划第二阶段，共襄盛举！”

见有大财团支持，众人纷纷鼓掌，心思也稍有活络。

这时，讲台后的幕布缓缓升起，一个被红色天鹅绒布覆盖得严严实实的庞然大物矗立在台中。倪坤踱步过去，抓起盖布一角，对林见森颔首致谢，朗声说道：“女士们，先生们，今天我来隆重介绍砰砰科技集团十余年来最伟大的成就，‘大健康计划’的核心——神目！”随着话音落下，倪坤一把拉下外罩。结构精巧的古文明圣器首次展现在世人眼前，台下等待已久的记者们拥到近前，纷纷举起手里的相机，无数闪光灯同时亮起。

倪坤并不在乎台下的喧嚣，他漫不经心地掏出怀中金表，弹开表盖，时间已近正午。

刚好。

“嗒”的一声，倪坤收起怀表，低下头，声音通过衣领的麦克风传遍整个大厅：“下面有请林董事长亲自体验一下神目的效果。”神目仿佛能感应到他的意念般探出一道红光，蔓延至林见森董事长的身上。

“倪总也太客气了，正好我最近腰椎间盘突出犯了，您拿这神目给我治治。”林董事长打趣道。

正当台下众嘉宾为董事长的调侃爆出一阵阵笑声时，神目顶端的几片扇叶结构如花瓣般收拢，恐怖悄然降临。林见森突然发出一阵惊吼：“这是怎么回事？停下！快停下！”只见他从双脚往上逐渐变为血红色的晶体，仅仅数秒，晶体就覆盖全身，将他惊惧的表情永久凝固在这一刻。

众人再次变得肃然无声，会场万籁俱寂。

“在此向世界宣告：从今天起，我，神目之主，将带领神目会为全人类迎接崭新的未来！”倪坤对着正在直播的摄像机说道，他的声音在异能加持下犹如雷鸣般在室内回荡，仿佛在向全世界宣战。接着，他右手握拳，猛地向上挥起，铺天盖地的红光席卷而出，扑向会议厅各个角落，所到之处，高雅、沉稳、从容……这些商界名流的高贵气质早就消失殆尽，他们惊慌失措，四散奔逃，相互践踏，可根本敌不过红光的速度。

转眼之间，红光已经涌出顶层，犹如喷薄而出的岩浆一般从金融中心楼顶铺展而下。大厦内的人们毫无反抗之力，呼喝声、悲泣声、惨叫声与碎裂声刹那间席卷整座大厦，大厦又在下一秒变成诡异的死寂。

国际金融中心商场楼顶的天台游人如梭，趴在天台边的巨大熊猫憨态可掬，是这里的地标性萌物，也是游人必来的打卡胜地。一对母女经过漫长的等待，终于来到熊猫面前，女孩依在熊猫身边甜甜地微笑着。母亲举起手机，刚要按下快门，画面中女儿甜蜜的笑容突然被一抹红色光影渲染得血红。游客们惊愕地抬起头，只见一股红色光潮从大厦顶层倾泻而出。

“什么东西啊！”“光效吧，这不是什么网红城市吗？”“前面让一下，各位老铁，我在春熙路，觉得牛的老铁给我双击 666……”

游客们纷纷拿起手机准备记录下这罕见的一幕。几名胆大的游客甚至跑上前去与这难得一见的奇景合影留念。大伙儿兴致正浓时，一名被红光缠绕的女游客突然发出凄厉的尖叫，接着在众人的注视下，被活生生地变成一尊泛着玻璃光泽的晶体人像。与她结伴的男游客见状上前去救，奔跑的身形尚在半空就已化为雕像，落地碎成无数块血红色的结晶。

与顶层宴会厅和大厦内的情况一模一样，红光所及之处都变成了人间炼狱，生命被神目无情地吞噬。红光伴着朔风呼号而来，数百人前仆后继地往天台仅有的两个出口挤，大家绝望地哭喊着往里钻，堵成一团，挤不进去的人只得发疯似的四散奔逃，躲避红光。每个人都在拼命自救，谁都无暇顾及旁人。刚才在熊猫旁边拍照的母女在人流中被挤得摔倒在地。眼看红光向二人袭来，母亲见避无可避，绝望之际只能转过身将女儿抱在怀中，企图用身体挡住呼啸而来的红光。

等待死亡的每一秒都被恐惧无限拉长。母亲紧闭着眼，等待着，继续等待着，可她预想的最后一刻迟迟没有到来。她小心翼翼地睁开眼，发现刚才还像无头苍蝇一样逃跑的众人都停下了脚步，惊讶地望向母女二人身后。转头看

去，一名发丝飞扬的青年自满空血色中翩然落地，右臂上花纹奇特的手甲在半空自动幻化成一块淡蓝色屏障，对抗着红光。青年所到之处，红光纷纷炸裂消失。

在砰砰健康小镇救出番薯等人后，冯澍通过徐甫办公室里的文件得知了神目会计划的全貌。与冯澍之前猜测的一样，健康小镇的核心区域就是传闻中发生村民集体失踪案的双碑村。在找到冯家代代相传的神目核心之前，神目会曾经计划用现代科技制造神目核心的替代品，无奈一直功败垂成，甚至在一次实验中还发生了事故，波及实验场周边的双碑村，顷刻间将村民的生命力抽干，化作晶体人像。

实验意外暴露后，砰砰集团和神目会将事件压下，同时就势拿下双碑村及周边的土地，建起砰砰健康小镇。小镇名义上是砰砰大健康计划下设立的集治疗、休养为一体的疗养中心，其真面目则是神目会的秘密实验场所。从冯澍处得到核心重组神目后，这里更是成了倪坤测试神目力量的试验场，徐甫为首的神目会众人以大健康计划的名目将诱骗民众到小镇，为神目收集能量。

以上种种耸人听闻的罪恶，却不过是一个前奏，倪坤的真正目的是借助神目的力量自立为王，控制政府、国家乃至于统治全人类。

这时冯澍才明白自己要对抗的究竟是什么样的野心！当他选择去搭救番薯等人的时候，他已经决心要把握自己的未来，但此刻，他忽然意识到倪坤早在十多年前就已经把命运攥在手中，冯澍不敢想象以倪坤的资源与实力，两人间的差距会有多大！少年下意识摸着身上点点晶斑，当明知不论如何选择，前方等着自己的都是同一道杂糅着痛苦、悲伤、绝望、恐惧的黑幕时，选择还有意义吗？

身处顶层的倪坤看着天台，脸色古井无波。冯澍的出现并没有让他感到意外，健康小镇受袭的报告早在第一时间就送至他的案头，小镇和留在那里镇守的徐甫本来就是弃子，无关大局，冯澍这个不和谐的音符早就在自己的预计之中。比起这个毛头小子，倪坤更在意的是神目会前掌门何先生的动向。他深知这只老狐狸八成还有后手，于是将冯澍安排在与何先生相邻的牢房中，就是想逼他打出手中这最后一张底牌。如今何先生最后的希望出现在这里，他那些潜伏在会中的党羽必定也将趁势反扑。倪坤大可以借机彻底清理门户，真正一统神目。

这个前掌门派来的“小麻烦”虽然不足挂齿，但最好还是趁早解决。既然何老喜欢出人意料，那么自己也不妨凭多年来对于神目的研究，给何老一份“惊喜”。他张开双臂，催动异能，双目射出两道血色电光。

随着倪坤的动作，平台上显出恐怖的异象。刚刚那些被冯澍打散的红光再次聚集起来，调转方向涌向天台上那些失去生命力的晶体人像。被红光包裹的晶像开始微微颤抖，地上散落的晶体也互相勾连组成人形，突然，所有那些没有生机的头颅，整齐划一猛地转向冯澍的方向，然后跃起，扑向冯澍和游客。

剩下的几个游客再次惊慌起来，撕心裂肺的尖叫声充斥了整个天台。冯澍接连使用神目四式，掩护人们撤离。霎时间，不大的天台上红光四溢，蓝芒飘飞，冯澍游走在数十晶体兵之间，着实有些难以招架。

晶体兵虽然身体脆弱、动作单一，但不仅数量众多，而且被打碎后会迅速重组复活，冯澍调整策略，从打击转而用易形异能使地面变化困住晶体兵的动作。变招很快见效，被抓住的晶体兵越来越多。

还不等冯澍喘口气，战况进一步恶化，成百晶体兵浩浩荡荡从周围的通道冲向天台，速度快如离弦之箭，天台上的最后几名游客被晶体兵碰到，惊叫声尚未发出，瞬间就被吸走生命力，成为晶体兵中的一员。天台上的晶体大军已越来越多，它们如成群的野兽，迅捷而刚猛，对冯澍前后包夹，成围攻之势。

冯澍左支右绌，且战且退，被逼至天台边缘，这情形似曾相识。在石牢中冯澍也曾被神目会派来灭口的打手逼至绝境。但今非昔比，如今的他不但掌握了神目四式，而且通过救番薯，对神目力量的理解深入了一个层次。眼前倪坤变出晶体兵，冯澍更加确定了自己之前的想法：神目不仅有四式，只要将四式的招式融合，它将可以让使用者随心所欲地创造天地万物，这才是神目真正的力量。

面对眼前如潮水般涌来的晶体怪物，冯澍坚定地化作一道蓝光飞身跃下。随着冯澍的身影消失在天台边缘，失去目标的晶体兵渐渐停下动作，天台上一下子静得可怕。

突然，砖石碰撞声轰然响起，地面随之一阵颤动。一只十几米高，周身闪着蓝光的熊猫翻身跳出。这只巨大的熊猫正是挂在天台外围的商业街标志萌物，如今在冯澍的异能操控之下活动起来，如神兵天降闯入战场。

与倪坤将晶像变成士兵的原理类似，通过对易形和离质的活用，冯澍不仅能让熊猫通过形变做出动作，更可以改变引力场来牵引熊猫，使其敏捷地闪转腾挪，每一个动作更是带有大量重力势能，威力无比。只见数道蓝光在熊猫身上蔓延游走，冯澍助跑几步飞身跃起。掌心蓝光汇聚，化出一把晶体偃月刀，稳稳地在熊猫的肩头落定。猎猎风中，人熊合一，青年胸中热血上涌，自觉豪气干云。小说或电影中的大英雄也莫不如此，便朗声喝道："倪坤！我来了！"

四周晶体兵都是无意识的怪物，自然听不懂青年的自说自话，兀自张牙舞爪围攻上来。冯澍嘴上中二，心中沉着，偃月刀扬起，锵锵两声，已有两只晶体兵被削成两半。同时冯澍多线操作，熊猫甩开圆厚的臂膀，肘撞拳击，掌劈脚踢，仿佛功夫熊猫附体，霎时间又打倒数"人"；再一侧腰，单腿伸出，向着来犯的晶体兵使出一记扫堂腿，却因为腿短，什么也没碰到，只在原地圆滚滚地转了个圈。

"咳，知道国宝腿短，没想到居然这么短！"冯澍站在熊背上连着轻咳数声才掩饰住尴尬。好在这个小失误无伤大雅，他对驾驭身下这只"坐骑"的法门越发熟练。只见熊掌拍得飞快，青光圆舞，仅几分钟，平台上的晶体军团已被杀得片甲不留。

此时的冯澍，横戈跃熊，以一敌百，好不威风！

平台上晶体兵的碎片越积越多，熊猫已占得上风。突然，满地的碎片受红光的牵连，纷纷飘至一处。不消十秒，一地的晶体残片便组合成新的晶体巨人，比熊猫还高一头，甩开步子向冯澍冲来。

"太赖皮了吧。"冯澍赶紧拉住熊猫后退，心知这奔过来的巨人动量奇大，只要熊猫稍微碰一下，就会和巨人双双粉碎。眼看冯澍和熊猫已经退到天台边缘，就像一只待宰羔羊般站在原地。谁知就在要撞到的刹那，熊猫左脚为轴，右脚画半圆，一个灵巧的转身，闪到了旁边。巨人刹不住车，僵直地冲出天台，摔了下去。

凭借千钧一发的勇气与果断，冯澍消灭了平台上的所有晶体，可转眼间

数十个晶体兵又爬了上来。冯澍无心恋战，他抬起头，望向红光触手蔓延的源头——大厦顶层。

擒贼先擒王！座下熊猫咆哮一声向上纵起，沿着大厦外墙跳跃攀缘。足下玻璃窗片片碎裂，钢筋弯曲，大厦各层窗户里钻出数以百计来势汹汹的晶体兵。冯澍浑然不顾，操纵着熊猫直逼楼顶。

晶体兵一个个悍不畏死，虽然不敌熊猫，却前赴后继，拦截在前，有些甚至爬上熊猫的躯干攻击冯澍，颇有蚂蚁吞象之势。冯澍手掌一翻，暗运起离质异能，座下熊猫后腿变形刺入大厦外墙。只见熊猫在垂直于地面的墙上人立而起，掌上翻出盾、剑双兵，右手持盾，左手执剑，几下就将面前拖拽它的一众晶体拦腰砍断。光剑在前势如破竹。熊猫驮着冯澍狂奔，速度不降反升。在午后斜阳的映衬下，这一人一熊的身影时而刚猛遒劲，似电闪旌旗，气吞山河，时而避实就虚，似花间蝴蝶，蹁跹不定。也只有此刻的冯澍，才能将有限能量的节约使用转化成刚柔并济的战斗艺术，优雅而无畏。

在顶层的倪坤一直观察着底下的战况，见冯澍对异能的驾驭十分精妙，一时间也有几分惊疑不定：自己历时十年才有如今对神目的理解，看冯澍的架势，绝非仅知四式的照猫画虎之辈。莫非自己低估了这个少年的价值？他摆摆手，房间中全副武装的黑衣保镖都严阵以待，每个人脸上都透出戒备的神色。

熊猫飞驰而来，肩头上冯澍已经发觉左胸晶体化已经向四肢蔓延开，无论他意志多么坚定，也难掩生命力迅速损耗的事实。他再次催动异能。随着爆破似的轰鸣，熊猫撞破外墙，冯澍脚下借力踏空腾起，晶体偃月刀在他手中如水银般流动变形，转瞬化为一把晶莹剔透的锋利匕首。

此刻整栋大厦如同燃烧的火炬，透出刺目的红光。与此相对，冯澍的蓝光渺小得几乎可以忽略不计，但那点光芒没有丝毫迟疑，直入红光最盛之处。

列缺！冯澍发动异能，瞬间闪到倪坤死角，手中的匕首就势刺下。

决 斗

“砰”的一声枪响。

冯澍只觉得右手腕被震得发麻，臂上手甲火光四溅，匕首脱手而出，扎进了旁边的木桌，匕首柄犹自颤动。正对着冯澍的矮个子保镖持枪侧立，枪口尚在冒烟。紧接着又是一阵刀风袭来，冯澍连忙运起列缺，闪至远处。

只见倪坤身边环绕着三名黑衣保镖，除了持枪的矮个子，另外两人一人手持短刀，刚刚就是他与枪手配合逼退冯澍，另一人赤手空拳，身材魁梧，似乎是近身搏击的高手。三人能在冯澍发起攻击的一瞬间就迅速做出反应，显然是顶尖好手。

三名高手交换了一个眼神，步步紧逼。先是刀手一个箭步冲上前来，刀光如电，力道如雷。他原是特种兵，作风强硬，身手了得，一秒钟可打出五拳，其手中短刀形似匕首，学名颈刀，两寸长，平日里挂于颈间，隐秘便携，作战时可攻可守，更是攻其不备的利器。以他的身手，见招拆招早已成为肌肉记忆，战斗时电光火石，来不及多想，身体就能快速做出反应。也正因如此，所有的肌肉记忆与后招全被冯澍一眼鸾回尽收眼底。训练多年的出招速度在超前的预判能力前毫无作用，这举世无双的实战刀法便如被戳穿了的戏法，再无威胁。只见冯澍在刀影间来去自如，瞅准一个破绽一脚正踢在刀手握刀的手指上，颈刀脱手飞出，可谓“脚起刀落”。

刀手缴械吃痛的瞬间，冯澍伸手指向地板，蓝光射出，唤起若干石柱将刀手牢牢锁在地上。几乎是同时，一名壮汉从刀手身后闪出，拦腰抱住冯澍，势要将其摔在地上生擒活捉。此技源自蒙古摔跤，是无兵器近身作战最高效的制敌手段之一，任何人被压制住，便毫无起身的可能。可令壮汉意外的是，这名看似弱不禁风的少年此时仿佛身负千钧，稳稳立在地上一动不动，无论壮汉如何咬牙发力，都动弹不了分毫。原来冯澍早用地板易形出来的数条石柱将自己牢牢撑住，放空的双臂就势还击。轻甲光华流转，一拳砸在壮汉的太阳穴上，壮汉瞬间丧失战斗力，像只破布口袋般“扑通”一声倒在地上，人事不知。

刀手和壮汉冲锋陷阵时，矮个子的枪口就没有离开过冯澍的要害，此时瞄准冯澍头部连射数枪，突然发难。这自然逃不过冯澍的鸾回之眼，先是躲过子弹，接着在枪手的死角升起一道石笋，不偏不倚地撞在矮个子持枪的手臂上。枪口一歪，刀手应声而倒，耳后风声又起，矮个子后脑一阵剧痛，两眼一翻，痛呼声还未喊出，就被列缺而至的冯澍打倒。

接连击败对方三名高手，冯澍目光如炬，斗志昂扬，怒视着会场中央的倪坤，喝道：“倪坤，你欺世盗名，为祸人间，一切都到此为止了。”说到这里，他不禁想起死去的父母和那些变成晶体的无辜百姓。

倪坤仍然面无表情，抬手一挥，神目会上百名精壮打手得令，纷纷手执兵戈呐喊着冲上前来。

冯澍心道：“我三个是打，十个也是打，你全冲过来，我正好一网打尽！”他双臂一震，蓝光闪耀，两只晶块斑驳的拳头重重捶向地面，刹那间，冲上来的打手们纷纷失重陷落，如坠沼泽，他们脚下的大理石地板已被冯澍用离质异能化为细沙，将他们牢牢吸在地上，寸步难行。紧接着，冯澍手指天空，大喊一声“天外飞熊！”话音未落，房顶吱嘎作响，原来刚才留在窗外的熊猫不知

何时已经来到房顶上，随后光线一暗，天花板的缺口落下一只巨掌，如泰山压顶般将倪坤压在掌下，一声巨响过后，整个宴会厅陷入了寂静。时间仿佛凝固了，只有灰尘在扑簌簌往下落。

“成功了？”冯澍喘着粗气，脸色也变得苍白，身上晶体化越发严重，细细的晶体丝已然攀上四肢。这一番战斗消耗巨大，结局来得太快，反而感觉不真实，冯澍心里也像是被什么东西压着一样仍然惴惴不安。

不过当务之急是确认倪坤的死活，然后依照何先生的交代找到神目，再想办法重获控制权。冯澍理了理纷繁的思绪，抬头问道：“还有谁？”

此时，困在地板里的百十号神目会众眼见他们的老板被这个黄毛小子带个熊猫给灭了，顿时人心涣散，之前被打败的一个保镖跪地抱拳，一脸诚恳地说道：“保镖只是我的工作，咱哥俩没有私怨，我上有老下有小，老弟饶了我吧。”此言一出，宴会厅里顿时喧闹起来。

“小兄弟你救救我吧，我也只是打工的。”“哼，这帮叛徒！要杀要剐悉听尊便！”“倪总死了，我的股票咋办？昨天刚重仓了啊！”“我弃暗投明！从今天起，这位少侠就是我大哥！一日是大哥，终身是大哥……”“没错！少侠就是

我们会长，熊猫就是我们的图腾，神目会今后改名叫神猫会！”

一时间，宴会厅里比菜市场还热闹。冯澍游目四顾，景象颇为奇异：地板上扭动着上百个身躯，像是活埋到一半的囚犯，呼喝嘈杂，响成一片，大多是贪生怕死，而每个人贪恋的东西又都不尽相同，仿佛是宗教图画中地狱轮回的现场。

冯澍轻叹一声，无心继续伤害他们，可又迈不开步子，只怕一靠近，就被地上的人抓住裤腿求救，只得抻长脖子四处张望，准备一看到神目就直接列缺过去将它带走。意外的是，冯澍找了好几遍，死活不见那硕大神器的踪迹。

正纳闷时，几道刺目的红光从熊猫压住倪坤的爪下射出，骤然穿透大厦，将大厦外壁轰开半边。满地吵嚷的神目会众连哀号都尚未发出，就被吸尽了生气，化作一具具晶像。

红光肆意飞扬，整个房间仿佛燃起熊熊大火，无数道光柱冲天而起，在空中组成一个眼睛图腾。大厦外的天空阴沉下来，连片的乌云笼罩大地，一片黑云压城城欲摧的景象。冯澍心脏狂跳，沉甸甸地难受，似乎有什么可怕的怪物即将到来。

熊猫本来流转着蓝芒的巨大前爪骤然被红光包裹，只一瞬，便化为了齑粉，纷纷扬扬落在地上。倪坤和神目完好无损地出现在冯澍面前，随着倪坤伸手虚引，半空中的图腾一闪隐入他的额心，身后的神目有感应一般分裂成无数小块，悬浮在倪坤身边。

眼前奇异的景象和巨大的压迫感让冯澍看呆了，不知所措。倪坤紧闭的双目缓缓睁开，露出一双蔑视万物、充满杀机的血瞳。

“姓何的老头自诩了解神目，就派你这个废物来挑战我？看来我只好让你们开开眼了！”倪坤唇角一撇，满是不屑，周身的神目碎片开始与他的身体结合，成为一套铠甲。此时的倪坤额印神目，肩生铠甲，高高在上，傲视天地，唯我独尊。

冯澍被这气势压得喘不过气来——显然，真正的战斗才刚刚开始。正所谓输人不输阵，冯澍遇强则强，斗志更浓，大吼道：“别以为穿个马甲我就不认识你了！”

倪坤并没有在乎冯澍幼稚的挑衅，只见他将身体蜷缩起来，一颗火花在身前凭空迸出，随之电星四射，焰火纷飞，光芒灼目得让人不能抬头与其对视，仿佛一颗不断膨胀的太阳，一股股热浪不断袭来。

倪坤合用列缺、离质异能形成等离子体。在10万摄氏度的高温下，电子脱离原子核的束缚，原子核自由发生碰撞，换句话说，倪坤徒手制造了一场小型核聚变。

蓄力结束，倪坤缩成一团的身体全力展开，半空中的等离子球转瞬间失去束缚，轰然爆发，高能热浪席卷四方。只听得震耳欲聋的一声炸响，大厦房顶被炸到半空。

半晌，烟尘中才现出冯澍的身影。在爆炸的一瞬间，冲击波来势汹汹，摧枯拉朽，眼看方圆数里内都将被夷为平地。冯澍急忙调动熊猫挡在自己身前，又竖起数道石墩屏障吸收冲击，这才狼狈地挡下倪坤的一击。巨大的冲击也将冯澍震得不轻，满脸苦涩，喉中泛起腥甜，身体摇摇欲坠。天边的云层赫然是触目惊心的殷红色，脚下此时已是一片废墟，细小的火苗在焦土中游走，电流在空气中蜿蜒闪烁，灰尘夹杂着火星四处飘游。在这种末日般的场景中，冯澍不得不再次确认，倪坤的力量远远凌驾于自己之上。

“雕虫小技。”倪坤并不想给冯澍以喘息的机会，再次蓄力祭起光球。这一次的威力比上一次更大更强，似乎要一击将冯澍彻底消灭。

此时冯澍的生命力几乎已经耗尽，在直面死亡时，大脑机能反被催动到极限，无数思绪同时在思维中激荡，一个匪夷所思的点子在他脑中炸响：如果倪坤能用神目之力将生命化作纯质的能量，那自己是否可以反过来将能量化作生命呢？

冯澍继续在脑中盘算起具体过程，首先在光球炸开的一刹那通过易形在地上制造一道扇形引导墙，将尽可能多的爆炸威力引向自己；接着用列缺时曲折空间的副作用在身体前方形成一个引力场，以减缓冲击波的速度；然后立即发动离质，将冲击波和爆炸的热量转化为某种特殊频率的能量状态；最后，也是最关键的一步，用弯回异能在自己身体上制造出负能量场，以此形成高维时间闭环，然后将离质产生的海量能量引入闭环。如果他猜得没错，时间闭环的负能量场不仅可以和同频率的爆炸正能量中和，而且产生过载时将会引发自己身体的时间回溯。也就是说，冯澍可以以此将身体恢复到之前的某个时刻，不仅可以化解爆炸，还能补充能量，与倪坤再战。但是，这一切都必须在几十微秒内完成，需要极其精密的操作和对时机的准确判断。绝境之中，唯有向死而生，他决定豪赌一次。

倪坤终于发招，巨大的爆炸在一瞬间几乎将周围的氧气抽尽，光芒比之前更加耀眼，能量亦强烈数倍。幸运的是，冯澍猜对了，爆炸在发生的瞬间就消失得无影无踪，而他不仅毫发无损，身上因为使用神目异能而凝结的晶体也减少很多，只见他双眼蓝光熠熠，精神抖擞，仿佛重获新生。

在如此奇迹面前，连城府极深的倪坤也难掩惊讶之情，他开始重新审视面前的这个对手。他不知道冯澍做了什么，但显然自己必须更加谨慎。

大厦顶层已成露天平台，遍地碎屑砖石，火光蔓延其上。二人在废墟中对峙，长风苦寒，却使冯澍胸中的熊熊斗志更加旺盛，而倪坤却悲悯似的俯视着浑身斑驳的冯澍。

“我可以最后给你一次机会。新的世界开启，你，是第一个见证者。”

“你所谓的新世界，只是你妄想成为统治者的借口。”冯澍满身疮痍，但还是怒目圆睁，毫不客气地戳穿倪坤。

“有统治者有什么不好？”倪坤的声音在空中悠然飘荡，“如果没有统治者，谁来解决人与人，国家与国家，民族与民族之间的矛盾？因为所谓的自由，人类才会不断重复错误！”

“矛盾应该由双方自己解决，在分歧中达成新的共识，不需要所谓的统治者。”冯澍答道。

“如果自己解决，那最终一定是强者战胜弱者。”倪坤看向冯澍的目光变得狠厉，“这个世界，理应由强者制定法律和规则。而现在我就是这个世界上的最强者！我理应成为统治者！结束这世上的纷乱，创造永久的和谐让人类永不犯错。”

“放屁！不是强者战胜弱者，而是无数像我这样的弱者战胜强者。因为我们弱小，会痛苦，才能理解他人的痛苦，进而相互帮助；因为我们弱小，有缺陷和不足，才会有梦想而变得强大；因为我们弱小，要倚靠彼此，组成家庭、社会，才能延续下去，所以弱小的我们最终会胜利。犯错是人类的特点，我们从中学习进步，才让人类充满了奇迹！”

“幼稚！”倪坤望向远处，语调似乎变得有些悲伤，“胜利和奇迹，从来都只属于强者！”

太阳隐没，狂风四起，一道闪电蓦地穿越云层，划破天空，点亮了倪坤狰狞的面孔。身后悬浮的铠甲在风中震颤着，倪坤走的每一步都踏在冯澍心跳间隙，正如杀神降世，欲屠戮众生。

二人话不投机，冯澍无意与倪坤继续聊下去，毕竟他的异能有限，不宜僵持。他腰间一沉，右臂扬起，伸手招出数根石柱攻向倪坤。倪坤反应也不慢，手腕翻处，红光闪烁，只见石柱冲到倪坤鼻尖约一掌处，竟然纷纷掉过头倒戈相向，缠绕融合成一柄巨剑向冯澍袭来。冯澍只觉头顶寒气凛然，下意识举手撑住，“砰”的一声闷响，手臂处传来尖锐的疼痛，手臂护甲咯吱作响。

冯澍闪避，见对方出招的瞬间身形似有不稳。于是瞧准空当，左脚转动，右腿踢起。殊不知这是倪坤的一个虚招，左胳膊挡住冯澍进攻的右腿，右脚踢向冯澍的脸部。冯澍头部后仰，顺势进身，想抱住倪坤。对手双臂下压，挣脱开身体，两人同时向后退去一步，彼此对峙。

刺痛、眩晕以及潮水般的疲惫席卷冯澍的全身。他强提一口气，振作起来，高强度的战斗让他消耗过大，意识无法像之前一样集中，视线也变得模糊，两条腿软绵绵的。每一步移动，都如同踏入云端。约有二十秒的时间，冯澍完全进入防守状态。倪坤似乎看出来冯澍体力不支，不停地追击，拳腿结合轮番上阵，冯澍耳朵里只听到沉闷的砰砰声，自己的身体也随着击打声猛烈晃动。

倪坤继续乘胜追击，挥手招出数根石柱甩向冯澍，自己的身体也随动作微微倾斜。冯澍躲闪之余看准倪坤的空当，垫步拧腰顺势反击，他只觉得胳膊肌肉酸痛，很重，感觉不是自己的一样。像电影中的慢动作一般，冯澍眼看着自己千斤重的拳头缓慢地打出去，击打在倪坤的脸上，好似打在一块坚硬的岩石上。

紧接着，冯澍移动身体，用尽全身力气踢出一腿，正中倪坤腹部。

冯澍的身体越发疲累，难以为继。没想到这又是对方故意卖的破绽，冯澍还没有来得及收招，腹部就感到一阵剧痛，倪坤长剑正刺在冯澍肋下覆盖的晶体上，晶体应声粉碎。巨大的冲击之下，冯澍痛上加痛，只觉口鼻不能呼吸，凛冽的空气仿佛凝成了冰。还没有缓过来，倪坤大剑又横劈而来，势挟劲风，冯澍头向后闪，易形离质两项异能齐用潜入地面。

“就是现在！”

冯澍屏住呼吸，咬紧牙关，转瞬从倪坤脚下破地飞出。拳头上甲片弹起，化作拳刃，锋锐的边缘与倪坤下身要害近在咫尺。但这风驰电掣间，数十条石柱将冯澍缠住。

“不识抬举！”倪坤怒挥铁拳，将冯澍打飞至墙角，紧接着列缺到冯澍面前，看着嘴角渗出血、毫无还手之力的冯澍，倪坤眼神中充满鄙夷，转腕重新化出一柄巨剑，毫不犹豫地直劈下去。剑携雷霆之势，直直穿透冯澍的身体。冯澍身体蓦地一颤，蓝色的光斑逸出身体，随之熄灭。一直折磨着他的疼痛消失了，取而代之的是衰竭和麻木，没有知觉，也没有痛苦，也许这一切，是时候结束了……

彤云低沉，火光纷乱，杀戮的欲望燃烧着整个战场。灰暗的天色映衬着倪坤高大的身形，这场战斗终于结束了。现在，他是唯一的神目之主，他耳边仿佛听到嘶哑的吼声与雷声响彻天际，在为新的王国呐喊助威。

就在倪坤分神的瞬间，一点蓝芒在半空闪烁了一下。随之，匕首的寒光斜拉成线，直抵到倪坤眉心。匕首后面，是一双坚定的眼睛。

冯澍咬紧牙关，蓝色的光芒与赤红的血色交织在一起，满脸写着悍不畏死的决绝。

原来冯澍在倪坤挥剑刺入的瞬间发动易形，在贴身的极限距离不断改变巨剑的形状，使得巨剑如同魔术道具一般，看似通体而过，实则只伤及体表，从而让冯澍迎来了胜利的转机！冯澍将异能催动到极致，刀尖冲破神目盔甲，直逼倪坤的胸口。

倪坤来不及躲闪，当下厉喝一声：“滚！”迎着冯澍的刀锋发力，周身红光爆起。冯澍手中匕首的尖端不受控制地一滞，接着整个人被一股巨力震飞出去，在空中划出一道抛物线后颓然落地。

“兔崽子！”倪坤激愤异常，他运起异能，用尽全力飞身向冯澍劈砍而去。可在凝着万钧之力的剑刃即将落下之时，不知何故，突然停在半空，倪坤凶恶的眼神也缓和下来。

咚
咚

四尊栩栩如生的石像静静地挡在冯澍与倪坤之间，一名老实巴交到有些憨憨的中年男人立在一边，一手搭在身边的女人身上，两人慈爱地注视着怀中的女儿，女人的另一只手牵着一个笑得天真无邪的男孩，其乐融融的一家四口仿佛在散发温暖。以倪坤现在的力量，即使铜墙铁壁也难以阻挡其前进的脚步，但奇怪的是，冯澍用最后一点异能竖起这四尊石像却让倪坤浑身颤抖着站在原地，不能再进一步。倪坤微张着嘴，似乎有话想说，着魔一般双眼怔怔地注视着石像。

电光火石间，嗤的一声，冯澍错身而过，匕首穿透了倪坤的胸口，鲜血汩汩涌出。

时间好似静止了，天地间只剩倪坤直勾勾看向雕像的眼睛，血色自瞳孔中褪去，巨剑从手里滑落，剑尖还未着地便化为粉尘，消散而去。倪坤的身体缓缓倾倒下去，挣扎着问道："你怎么知道……"

冯澍张开紧握的右手，露出一物，竟是倪坤经常带在身边，不时把玩的金表。原来刚才将冯澍震飞时，金表也从神目盔甲破损处飞出，正好掉在冯澍身边。冯澍灵机一动，对怀表发动鸾回，这才发现自己与神目联通时做的"梦"就是倪坤儿时的记忆，同时也是其人生转折点。这么多年来，倪坤活在失去亲人的自责和内疚中。那个因一时贪念害了家人的孩子，从受害者变成了如今的加害者。面对倪坤的杀招，冯澍避无可避，唯有用易形造出其父母弟妹的石像挡在面前，制造破绽就此生死一搏。

神目终究不是凡物，在当初倪坤与冯澍交接异能之际，一生中最深刻的记忆也一同被刻印在神目之中，以至于在牢中用秘法与神目重建连接的冯澍无意间共享了这段回忆。这一切是巧合？意外？还是另有深意？

夜色降临，血色褪去，天幕显出墨蓝的色彩。躺在地上的倪坤，通体的红光四下流散，给他无上神力的神目铠甲仿佛意识到他再无利用的价值，片片脱落，复原成机器形态。

硝烟散尽，大仇得报后，冯澍竟不知是该喜悦还是悲伤。

倪坤看看冯澍，又看向天边，说道："你赢了，强者战胜弱者。"

"你又错了。"冯澍早就瘫坐在地上，他勉强挪动身体，斜靠着废墟，和倪坤一起望着天边的昏黄。他的大半个脸都成了坚硬的晶体，只剩下右眼和嘴还可以动，"我不是强者，我跟你一样，只是个不能原谅自己的孩子。"

倪坤的胸口剧烈起伏，挣扎着要站起，却吐出一大口鲜血，整个人又颓然倒下。"在命运面前，我没得选。"倪坤气若游丝的声音带着苦涩，右手颤巍巍地抬起，努力在身上摸索着什么。

“命运可以夺走你的一切，唯独夺不走你选择的权利。”冯澍的指尖闪过一道蓝芒，金表飘到倪坤手中。他曾经憎恨这个可怕的男人，可是现在，他有些同情这个内心正在哭泣的孩子。人生的路需要每个人一步步走，真正能成就人的，是自己的选择；而真正能伤害人的，也是自己的选择，思想等待思想者，命运等待运命者。

天上血月黯淡，彤云隐没，狂雷闪电早已消逝，微风拂过，倪坤紧紧握着金表，眼神落寞，缓缓吐出三个字："也许吧。"

忽然，一个念头在冯澍脑中一闪而过，"你得到神目，只是为了成为所谓的'强者'吗？"这个念头继续在冯澍脑中发酵，朦朦胧胧呼之欲出，"弦理论认为存在多元平行宇宙，与我们完全相同的人在平行宇宙中过着完全不同的人生。在理论上，当能量足够大时，神目将可以拨动十维空间中连接着平行宇宙的神目使用者的所有超弦，使其在一瞬间通过额外的维度‘迁移’至其他平行宇宙中。”冯澍顿了顿，微颤着问道，“你难道是想……”

亲情和友情是人们生命中最珍贵的东西，倪坤、徐甫这类自私的人借它们伤害别人；冯澍般善良的人则通过将自己对父母和番薯的亲情、友情逐步推广到所有人，最终拯救世界。相似的起点，却有着完全迥异的结局，这就是个人选择造成的差异。

面对冯澍的疑问，倪坤不置可否，用尽最后一丝力气调整身姿，望向家人的石像，嘴角露出一抹温柔的笑意。

突然，远处一声枪响，一颗子弹正中倪坤眉心。这个杀人无数、恶贯满盈，但又日夜备受过去煎熬的男人，终究没能逃出命运的罗网。

“自古英雄出少年，老夫果然没看错人。”冯澍身后传来一个熟悉的声音。

最后的选择

一片废墟的楼顶，一群白衣人跟随一个肩上站着黑雀的白衣老者向冯澍走来，老者拄着拐杖，步态稳健，不疾不徐地踏过满目疮痍的战场。

虽然素未谋面，但冯澍认得这个声音，就是在黑牢中，自己最低谷时帮助自己恢复神目异能并且传授神目四式的“神目之主”。没有这个声音的指点和鼓励，冯澍早已死在黑狱。如今大仇已报，恩人相见，冯澍不由得心头一暖：“何先生！”

何先生身后跟着的竟是倪坤的秘书珍达，冯澍之前在砰砰大厦曾经见过一次，稍微有些印象。现在二人好似主仆前后而行，再仔细端详何先生身后的几十个白衣人，武器精良，走路带风。冯澍隐约意识到了不对劲儿，心中“恩人重逢”的喜悦顿时烟消云散。何先生在戒备森严的黑牢中关了十年，却在冯澍和倪坤两败俱伤时带着大队人马突然出现，显然来者不善。

见冯澍面色由喜而疑，又由疑而恐，何老走到冯澍身前，躬身抚慰道：“小子放心，我岂是倪坤那般无情无义、鸠占鹊巢之人？神目之主，素来有德、有能者居之，汝今日扶大厦之将倾，救万物于水火，且身负神目异能，正是继任者之妙选。老夫今日，乃举汝为新任掌门，行天道、泽世人，汝若不嫌，舍孙何瞳皆可从旁助汝一二，汝意下何如？”

“何瞳？”何先生提到的这个名字仿佛一盆冷水将冯澍从头浇到脚，让冯澍不由打了个寒噤。

“然也，正是舍孙何瞳。”何先生说着侧身指向身后的珍达。

珍达上前一步，摘下眼镜和金色假发，露出一头黑色秀发，神情一转，瞬间从一名干练的职业女性变成一个青春靓丽的漂亮女生，原本凌厉的眼神也熟练地变得柔和亲切，对着冯澍微微一笑，“冯澍同学，那本书什么时候还给我呀？”

冯澍满面愕然，呆立当场，原来自己从一开始就已经落入这张精心编制的罗网中。他不过是何先生用来和倪坤斗争的一颗棋子。

何先生站在冯澍身前，踌躇满志地看着冯澍，似是知道冯澍心中所想，却不道破。黑雀清啼一声，张开翅膀飞向半空，熟悉的叫声将冯澍的思绪再次带回黑狱，这棋局在他心中渐渐清晰。何先生作为呼风唤雨无所不能的神目会一代掌门，被夺权后心中自是不甘，即使被囚，仍然想方设法与旧部取得联系，还安排孙女何瞳伪装身份混入会中；当第一时间得知倪坤已经找到神目核心的线索后，将计就计让何瞳与冯澍接触，促成神目重现；待冯、倪两败俱伤之时，突施冷枪，击毙逆徒，报了数年牢狱之仇。好一出借刀杀人，坐收渔翁之利的大戏！何先生这等谋略和隐忍，现在想来，自是远远胜过倪坤。

顷刻之间，冯澍心下凄然，原来自己之前自以为挑战命运做出的选择也不过是他人精心计划的棋局。

“冯澍，你现在太虚弱了，我们去神目那里，爷爷有办法帮你复原。”何瞳蹲下身，柔声说道，“你不用怪我们，爷爷得知你的存在后就派我去保护你，可惜倪坤手段太狠毒，处处先我们一步，看到你受苦，我们心里也不好受……”女子眼含秋波，但黝黑瞳仁却像万丈深渊一般深不可测，一言一行不知哪句才出自本心。

何先生也颔首道：“然也，如今祸乱已平，汝是当行天道、泽世人……”

冯澍再没有仔细听何先生下面的话。“行天道”“泽世人”这些说辞与倪坤何其相似。他们口中的“世人”是谁呢？是被这场战斗波及的市民吗？是和大院邻居一样被诱骗去砰砰健康小镇的民众吗？还是每一个像冯家那样无权无势的普通家庭？显然都不是，“世人”不是任何人，又挟持了所有人。何先生和倪坤没有分别，“世人”只是他们的工具，“天道”亦是他们自己的“霸道”。冯澍心下明了，飞鸟尽，良弓藏，狡兔死，走狗烹，现在倪坤已除，与神目联通的自己无疑成了何先生的障碍。

其实，正如冯澍所料，何先生确实并非真要推举冯澍成为神目会掌门。他耗尽一生寻找失落数百年的神目，就是为了得到那无上的神力，如今神目已归，他自然不会舍得拱手让人。可是，现在的冯澍实在是一个棘手的问题。虽然倪坤已除，原本作为诱饵的冯澍已然没有价值；但他却是当今世上唯一和神目联通之人，而且他能以一己之力打败倪坤也有些出乎何先生的预料，可见他对神目也有高超的理解。如今神目会历经大变，虽然剪除了倪坤，但难保会中不会有其他势力蠢蠢欲动，甚至对那些暗中帮自己复位的旧部功臣，何先生也不敢完全信任。故此当务之急是尽快掌握神目异能，方能稳定军心，立于不败之地。所以，何先生以神目会掌门之位为饵，试探冯澍的反应。如果冯澍应允，那说明他是可用之人，何先生有信心垂帘听政，将其操控在股掌之中；如果冯澍不应，或是另有异心，不如现在趁其疲弱，杀之以绝后患。况且，除了神目掌门之位，何先生手中还握有一张王牌。

见冯澍没有应答，何先生继续说道：“切莫犹豫，汝今身将尽，唯因神目会传法与神目合而复，老夫愿竭愚驽，尽绵薄之力，况且……”何先生略微停顿，“君若不自以为计，亦当为友思虑，君友番薯，自幼困苦，君为其愿，宜任此重。”

这半天之内冯澍经历了无数生死角力的时刻，此时面对何先生的威逼，反而毫不慌张，甚至在心里吐槽起来：“这老东西说话颠三倒四、半文不白的，听他说话都得连蒙带猜，真不知道珍……何瞳是怎么忍受过来的。”

烦归烦，何先生的话绵里藏刀，看似劝慰实则施压，冯澍怎会听不出？这世间有两样东西不能直视，一个是太阳，另一个是人心。何先生在冯澍最困苦时帮他重新振作，但如今却用冯澍的生命和友人相威胁，逼其就范。如果冯澍不从，恐怕会当场毙命；如果依从何先生，成为神目会掌门，恐怕今后也会一直被其以番薯的性命挟持，成为一个傀儡。

与神目相遇前，冯澍渴望波澜壮阔、纵情驰骋的人生；与神目相遇后，他渴望回归平凡。此刻冯澍想起盘古教授的脸，满脸苍老的皱纹掩盖不住悲伤与失望。痛彻心扉的经历使他认为人的命运取决于自己的选择，但现在，比不去选择、任由命运摆布更可怕的是所有选项都为他人所控。也许这才是这个世界的真相，我们所有人苦恼的源头。

冯澍点点头，心中已有决断，他挪动着遍布晶体的残躯走到何先生面前，鞠躬敬礼，毕恭毕敬地说：“今后一切，愿唯何老马首是瞻。”

何先生打量着冯澍，眼中的审慎逐渐变成慈爱，欣慰地点点头，口中念叨着："孺子可教，孺子可教啊。"

当下，何先生将操控神目恢复身体的法门授予冯澍，在何瞳与白衣护卫的搀扶下，冯澍终于到达神目前，这是他第一次仔细端详这件改变他人生轨迹的上古神器。他抚摸着悬在机体正中、从小到大陪伴自己的冯家宝玉，手掌上感到阵阵能量悸动，似乎宝玉也在翘首期盼着回到冯澍身边。摒空杂念，冯澍念起咒文，这一幕，让冯澍不禁想起了在砰砰大厦失去父母的那一天，一切因此而起，也将因此而终，他已经了然自己的结局。

神目一阵颤动，发出红色微光，接着由红转蓝，冯澍周身的晶体冰消雪化般迅速退去，恢复如常。在一旁的何先生见进展顺利不禁心中大喜，眼中充满期望和兴奋。正在这时，冯澍却突然开口了。

"神目异能来自人类无法企及的上古科技，然而发明它的文明仍然难逃灭亡，因为他们没有弄清神目最后的秘密。"

"最后的秘密？"冯澍的话引起了何先生的兴趣，天启大爆炸后至今，神目会对神目的了解仅通过婉转晦涩的秘传和口头描述，很多秘密都在此间佚失，倪坤的神目战甲就是一例，冯澍与神目缘分极深，确实可能掌握了什么自己和倪坤都不知道的信息，何先生便说道：“神日少主果然聪颖，老夫愿闻其详。”

冯澍平静地看着面前的神目，目不转睛地说：“一切的答案就是熵！熵意味着无序，在一个封闭系统中，熵总是增加的，这是宇宙的法则。而神目做的每件事，都在减少不确定性，使事情朝使用者指定的方向发展，让熵无端减少，这是在和魔鬼签订契约。”冯澍慢慢转过头，眼神复杂地看向何先生。

神目释放的光芒越来越盛，周遭的空气也燥热起来，灼热的风裹挟着灰尘扑在众人脸上，何先生内心也焦躁起来，他隐约感到事情似乎正在偏离自己制订的轨道，却又不敢妄动。“汝言极是，此乃先贤立本会之宗旨，保其不为歹人所用。”何先生试图继续用谆谆教诲引导冯澍。

“不对！”冯澍打断还要开口的何先生，紧盯着老人的眼睛，“使用神目就是在饮鸩止渴！通过神目减少的熵会被不断挤压到高维度中，到积重难返时，所有透支的熵都会被一股脑地返还，届时将会爆发即使我们这个星球的所有能量加在一起也无法规避的灾难——熵寂，连微观粒子都不再运动，地球将回到原点，这就是上古文明毁灭的真相！先贤大概是抱着朝一日神目能被善用的一线希望才创建神目会的。但这只是一厢情愿的幻想，人心注定不能抗拒这么强大的诱惑，必然会出现你和倪坤这样的人，为一己私欲使用神目，最终招致灭亡。”

边说着，神目的温度开始急剧升高，表面布满裂痕，何先生终于意识到冯澍的真正目的，他满头大汗，明显失了分寸，声音变得嘶哑猖狂，怒吼道："大胆竖子，竟欲悖天经，亡神目，尔等速速同上诛之！"

何瞳与白衣会众得令后奋不顾身冒着热浪一拥而上。此时的冯澍顾不得众人，聚精会神，将自己的生命力和神目储存的全部异能压缩到极点，同时在顶楼展开屏蔽力场：剧烈的压缩将会引发比天启大爆炸更具毁灭性的爆炸，而展开的立场将会使爆炸威力内卷，彻底毁灭神目。

一切因一场爆炸起，亦将以一场爆炸终结。

随着最后的生命力逸出身体涌向神目，冯澍知道自己的目的就快达成。何瞳和会众已经来到近前，但嘈杂的一切渐渐离他远去，冯澍的眼中露出释然的笑意。

无悔地选择，才是最佳的命运。

设定集

盛典礼服
便服
正装

通过与不同物体组合，
获得不同外观
及功能的手臂.

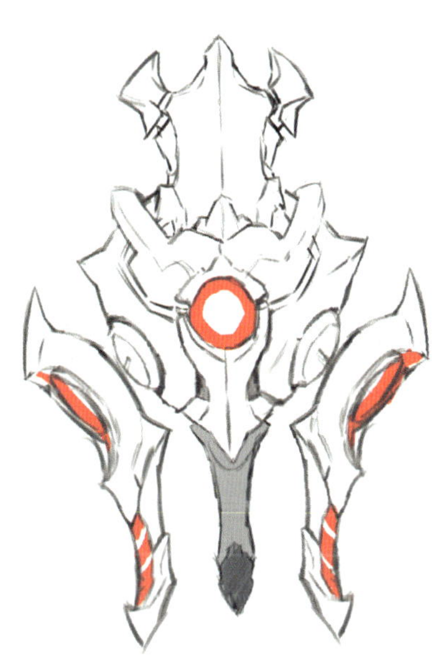

之所以有能量珠这个东西实际上是想让机械臂带上一些东方色彩。

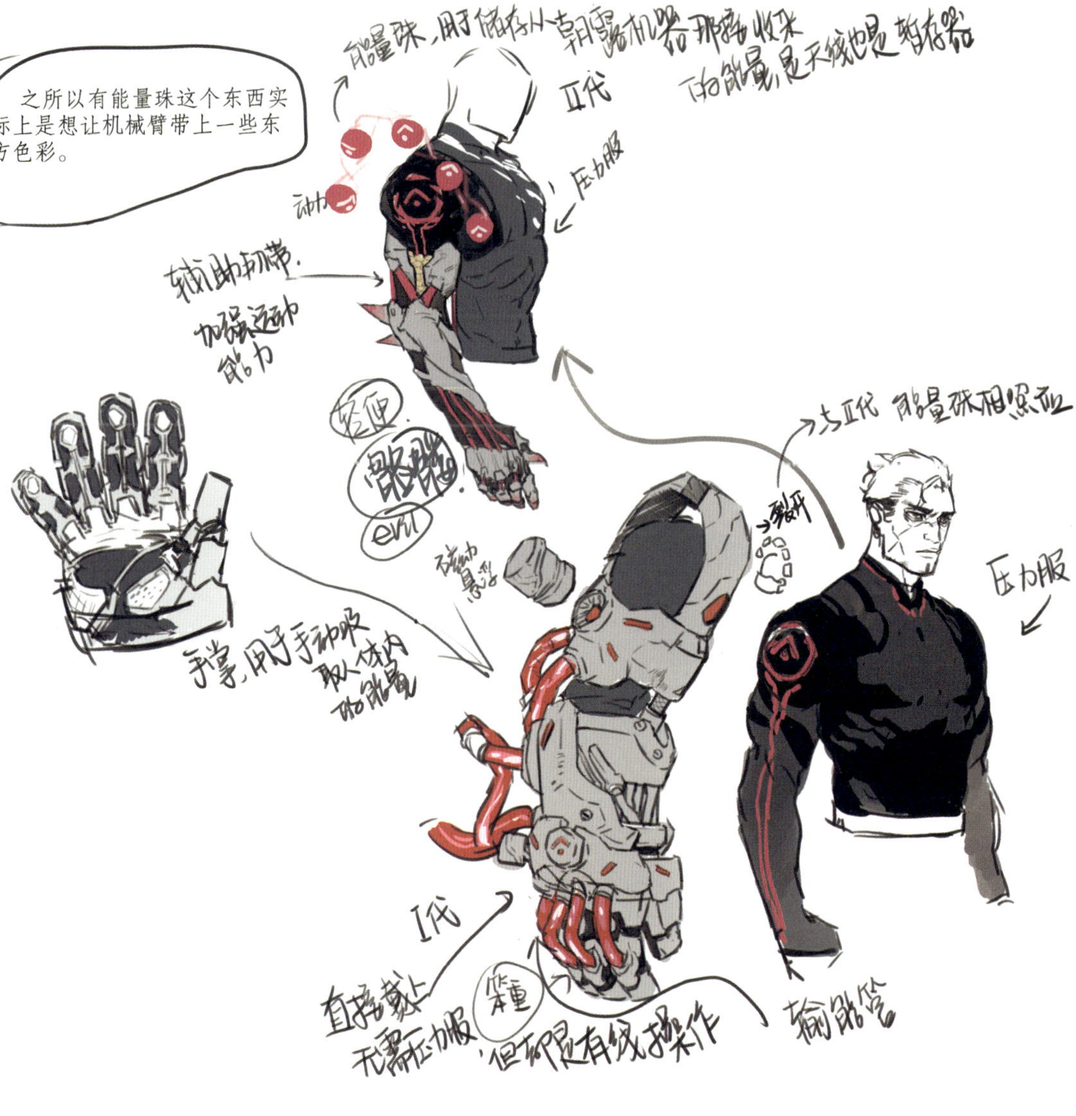

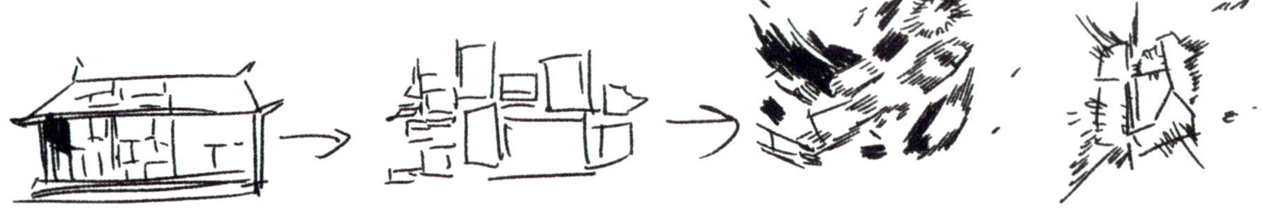